Almunde – Ein Leben in zwei Welten

Almunde Edeltraud Gundermann

»Gar mancher zündelt mit der Stalllaterne,

Und er denkt, er sei das Licht der Welt.

Doch droben scheinen Sonne, Mond und Sterne,

Die er sozusagen für entbehrlich hält.«

Eberhard Bohn

Almunde

Ein Leben in zwei Welten

Roman

Bibliografische Information der Deutschen Nationalbibliothek:

Die Deutsche Nationalbibliothek verzeichnet diese Publikation in der Deutschen Nationalbibliografie. Detaillierte bibliografische Daten sind im Internet über http://dnb.dnb.de abrufbar.

© 2016 Eberhard Bohn

Cover: Niklas Bohn (Collage aus Hieronymus Boschs „Der Garten der Lüste" – gemeinfrei)

Gestaltung: Hartmut Bohn

Herstellung und Verlag: BoD – Books on Demand, Norderstedt

ISBN: 978-3-741284304

Vorwort 1

Lykos Häuschen 3

Wolfgang 5

Almunde 7

Johann 12

Der große Tag 16

Herbst 18

Ebelinchen und Helmelinchen 22

Post von Almunde 25

Der Schneider 29

Tomasz und Rudi 35

Das Foto 38

Kindheit und Jugend 42

Eine stürmische Liebe 46

Das liebe Geld 56

Der Tank ist leer 60

Veränderungen 72

Ängste 78

Winter 85

Der Betreuer 92

Schluss mit Autofahren 100

Auf Schusters Rappen 105

Chrystelle 109

Gemeinsame Ausflüge 120

Die weiße Frau 123

Frau Dr. Xiao 128

Verschwunden 131

Post von Almunde 135

Ein Wiedersehen 147

Postskriptum 151

Der Autor 159

Vorwort

Haben wir es verlernt, aufmerksam auf den Menschen neben uns zu schauen, der nicht zu unserer Familie und dem Freundeskreis gehört? Haben wir seine Signale übersehen oder überhört, die uns auf eine Problemsituation hinweisen, in der er sich befindet und in der Hilfe nötig, aber auch möglich wäre? Sind wir zu überlastet dazu, um uns mit fremden Schicksalen zu befassen? Oder wollen wir das gar nicht, weil sich als logische Konsequenz daraus für uns eine Aufforderung zum persönlichen Engagement ergeben könnte?

Diese unbequemen Fragen müssen wir uns alle stellen und brauchen dazu immer mal wieder einen Anstoß! Das vorliegende Buch, das die Geschichte einer Frau erzählt, die durch psychische Erkrankung ins gesellschaftliche Abseits geriet, ist ein solcher Anstoß! Die Frau fällt durch ihr "Anders sein" auf, wie reagiert die Umwelt darauf? Das Buch schildert eindrucksvoll die Umsetzung der einfachsten und zugleich schwierigsten Grundformel der Menschlichkeit: Hilf deinem Mitmenschen nach Kräften, der unverschuldet in Not geraten ist! Lassen wir uns also berühren, aufrühren und den Blick in unserem Alltag wieder schärfen.

Dr. Gabriele Brien

Berlin im Oktober 2016

Lykos Häuschen

Er war ein eigenartiger, ein besonderer Mann, der alte Lyko. Er war nicht von hier und sprach einen anderen Dialekt als den im Dorf üblichen.

Seine rothaarige Frau sah ein wenig zerzaust aus, und war deswegen von den Kindern des Dorfes als Hexe gefürchtet. Sie war aber eine gutmütige Frau, die niemandem etwas zu Leide tat.

Die beiden lebten allein. Sie hatten weit und breit keine Verwandten und wohnten zurückgezogen in ihrem kleinen Haus, in einem abgeschieden Dorf, dort droben auf der rauen Alb. Sie hatten es irgendwann gekauft. Die herbe, schwermütige Gegend der Alb hatte es ihnen angetan, die gefiel ihnen.

Alle nannten es »Lykos Häuschen«.

Sie verstarben irgendwann, und das Häuschen kam in andere Hände. Doch ein kleiner Hauch – irgendetwas Unbestimmtes – vom alten Lyko blieb am Häuschen kleben.

Und so blieb es für die Dorfbewohner auch weiterhin »Lykos Häuschen«.

Es gingen viele Jahre ins Land, da kam von auswärts ein junges Ehepaar und kaufte – man weiß nicht von wem – das Häuschen, und zog ein.

Der Mann war Reisevertreter für eine bekannte Lebensmittelkette, er fuhr einen auffälligen Firmenwagen und war viel unterwegs. Er trat im Dorf wenig in Erscheinung.

Sie war eine attraktive Frau, groß, schlank, gewandt und sehr kontaktfreudig. Sie sprach ein exzellentes Hochdeutsch, war immer hilfsbereit, jedoch zeitweise sehr zerstreut – *neben der Kapp'*, wie man hier sagt. Manchmal war sie tagelang nicht zu sehen – es war, als ob sie sich verkriechen würde.

Dieser Zustand wurde immer ausgeprägter. Ihre Bekleidung wurde auffälliger, meist trug sie alles in einem dunklen Blau oder Grün. Immer mit Hut!

Die Fensterläden blieben immer geschlossen. Sie sprach von einer Lichtallergie.

Kinder hatten sie keine, und da ihr Mann wohl irgendwann nicht mehr mit ihr zurechtkam, ließ er sie im gemeinsamen Häuschen zurück und verschwand.

Sie kam immer weiter herunter, war unordentlich, schmuddelig, und wurde von den Dorfbewohnern immer mehr gemieden.

Wolfgang

Da zog ein Mann ins Dorf, der ursprünglich aus einem Nachbarort stammte, jedoch die meiste Zeit seines Lebens in Hamburg verbracht hatte. Auch er passte nicht so recht zu den alt eingesessenen Dorfbewohnern.

Sein Vater war Exportkaufmann in Übersee gewesen und übernahm im fortgeschrittenen

Alter – aus welchen Beweggründen auch immer – im Nachbarort eine kleine Landwirtschaft, an welcher er aber wohl keine rechte Freude fand.

Er war sehr ungepflegt, so wie sein Anwesen: *Wie der Herr, so 's Gescherr!* Er hatte immer eine Mütze schräg auf dem Kopf sitzen und stets eine gebogene Tabakspfeife im Mund. So war er, »der alte Ackermann«!

Johann Jacobs, ein alteingesessener Dorfbewohner, unterhielt sich oft und gerne mit ihm.

Ackermanns Sohn Wolfgang »hatte es zu etwas gebracht«: Er wurde Elektrotechniker. Er war etwa in Johanns Alter, sie hatten aber nicht miteinander die Schule besucht und kannten sich nur wenig – eigentlich nur vom Sehen. Johann konnte sich nicht erinnern, dass er sich je einmal mit Wolfgang unterhalten hätte. Nach seiner Ausbildung war Wolfgang Ackermann – wie man hörte nach Hamburg – verschwunden.

Doch jetzt war er wieder da. Im Familienbesitz der Ackermanns befand sich, mitten im Dorf gelegen, ein altes, mickriges Häuschen. Da hinein zog nun Wolfgang, nachdem er wieder aufgetaucht war. Man sah ihm an, dass er nicht arm, aber eben auch nicht gesund war. Er bewegte sich schwerfällig und war viel mit seinem Auto unterwegs.

Und siehe da! Es dauerte nicht lange, und das Auto von Wolfgang Ackermann stand vor Lykos Häuschen, bei Almunde. Die beiden hatten sich gefunden. Und die Leute im Dorf hatten etwas zum Tratschen.

Almunde

Im Dorf gab es einen »Seniorenkreis«, in welchen sich auch Johann Jacobs aktiv mit einbrachte. Wolfgang Ackermann hatte wenig Gesprächspartner und liebte doch so sehr die Geselligkeit. So fand er zu dem Kreis.

Er war eine Bereicherung, und die beiden, Johann und Wolfgang, hatten sich immer sehr viel zu sagen. Sie sprachen nicht nur über das Wetter.

Eines Tages rief Wolfgang Johann an und fragte, ob er nicht einmal mit seiner Freundin bei ihm vorbei kommen könne. Sie interessiere sich sehr für die Geschichte des Dorfes und würde sich gerne mit ihm darüber unterhalten. Er habe gehört, dass Johann ein exzellenter Kenner der Ortsgeschichte sei.

Dem stand von Johanns Seite aus nichts im Wege. Und so fuhren die beiden an einem wunderschönen Sommertag bei Johann, dessen weitläufiges Anwesen weit außerhalb des Dorfes lag, vor. Sie setzten sich ins Freie, und nachdem Wolfgang seine Freundin Almunde vorgestellt hatte, und erklärt hatte, warum sie gekommen waren, übernahm Almunde wie selbstverständlich die führende Rolle in ihrer Unterhaltung.

Man merkte sofort: Sie war offensichtlich einmal eine kluge und gebildete Frau gewesen. Eine Frau, die genau wusste was sie wollte und gute Umgangsformen beherrschte. Kurz: Eine echte Frauenpersönlichkeit.

HAST DU HEUTE SCHON GELÄCHELT?

Aber jetzt? Kaum hatte sie sich gesetzt, fing sie an, unentwegt zu reden. Sie war übernervös und zerstreut, ihre Erzählungen waren seltsam flatterhaft und ohne eigentlichen Zusammenhang. Die Geschichte des Dorfes, wegen der sie eigentlich gekommen war, hatte sie längst vergessen, sie wurde nicht mehr erwähnt.

Johann hatte von andern Dorfbewohnern schon einiges über Almunde gehört und nahm jetzt die Gelegenheit wahr, sie zu beobachten und kennen zu lernen.

Sichtlich erschöpft brach sie nach langer Zeit ihren Wortschwall ab. Johann bot ihr an, da sie doch Bürgerin, und damit Mitglied des Dorfes war, »du« zueinander zu sagen. Dieses Angebot nahm sie ganz überschwänglich und mit großer Freude an.

Dies war Johann Jacobs' erstes Zusammentreffen mit Almunde Edeltraud Gundermann.

Wolfgangs Gesundheitszustand wurde immer kritischer. Bald konnte er sein Haus nicht mehr verlassen. Er war alleinstehend, und war daher auf Almundes Hilfe mehr und mehr angewiesen. Und diese kümmerte sich selbstlos und hingebungsvoll um ihn. Sie übernahm seine Pflege.

Nach zwei Jahren starb Wolfgang Ackermann, und kurz darauf verschwand auch Almunde aus dem Dorf und wurde schnell vergessen.

* * *

Jahre später hielt ein Arzt im Seniorenkreis einen Vortrag über Diabetes. Eine fremde Frau war mit dabei, die sich sehr engagiert und kompetent am Gespräch über die Zuckerkrankheit beteiligte.

Johann Jacobs war mit dabei, nahm von der Frau aber keine besondere Notiz, denn er war der Meinung, dass sie zusammen mit dem Arzt gekommen sei.

Da meinte Johanns Sitznachbar: »Das ist doch die ehemalige Freundin von Wolfgang Ackermann!«

Johann sah sie genauer an: Sie war es tatsächlich! Er sprach sie an, und sie erkannte ihn sofort, war hocherfreut und erzählte ihm, dass sie wieder ins Dorf gezogen sei. Sie vergaß den Arzt und alle Anwesenden, und freute sich lautstark darüber, dass sie Johann wieder gefunden hatte. Sie versprach, ihm baldmöglichst einen Besuch abzustatten.

Ein bisschen war es ihm peinlich, aber mehr noch: Er merkte, dass er sich da etwas aufgeladen hatte, das sich nicht so leicht wieder abschütteln ließ.

Schon am nächsten Nachmittag kam sie mit ihrem Auto angefahren und dehnte ihren neuerlichen Antrittsbesuch lange und sehr wortreich aus.

Von nun an kam sie immer wieder zu Johann.

Johann

Von seinem ehemaligen Betriebsgelände hatte Johann Jacobs eine große Werkstatt an einen Feierabendautomechaniker vermietet.

Dort trafen sich mancherlei Gesellen, welche nicht gerade von der feinsten Art waren.

Zu diesen fühlte sich Almunde hingezogen. Und außerdem gab es an ihrem klapprigen Auto immer einiges zu reparieren. Die Mannen trieben ihre Späße mit ihr, sie machte mit, auch wenn sie dabei manches einstecken musste. Sie ärgerte sich darüber, doch sie hatte dadurch die Gelegenheit, oft auf Johanns Hof zu sein und nebenbei noch schnell bei ihm einen Besuch abzustatten.

Sie beschwerte sich über das unflätige Geschwätz der Mechaniker und schimpfte darüber lautstark vor sich hin.

Nebenbei packte sie bei Arbeiten auf Johanns Gelände mit an, half ihm sehr geschickt, und schreckte vor keiner Aufgabe zurück. Ihm kam das sehr zu statten, war doch seine Arbeitskraft altersbedingt ziemlich eingeschränkt. Almunde schob ihn immer mehr zur Seite und forderte ihn auf, sich zu schonen und auszuruhen, sie mache das schon!

Zu ihrer Arbeit gehörten immer sehr laute Selbstgespräche, die mit unverständlichen Schimpftiraden, hauptsächlich aber mit Lacheinlagen gespickt waren. Sie bewegte sich offensichtlich in einer anderen Welt.

Ohne Aufsicht war ihr Tun und Lassen genauso kurios wie ihr ganzes Gerede. In ihrem Kopf stimmte etwas nicht.

Bei ihren gemeinsamen Arbeiten legten die beiden immer eine kleine Pause ein, setzten sich irgendwie, meist recht unbequem, auf Kisten oder einen Holzstapel, und Almunde begann, mehr oder weniger in Gedanken verloren, zu erzählen:

Ihre neue Bleibe im Dorf war eine Einliegerwohnung im feuchten Erdgeschoss. Das Haus gehörte einer Frau von auswärts, welche sich überhaupt nicht um ihren Besitz kümmerte. Almunde hatte weder Strom noch Wasser, nicht einmal einen Ofen oder Herd. Aber sie war damit zufrieden.

Wasser holte sie vom Dorfbrunnen, gleich über die Straße. Elektrizität lehnte sie grundsätzlich ab, und zur Beleuchtung, zum Kochen und Heizen genügten simple Wachskerzen, die sie in großen Mengen verbrauchte.

Sie erzählte von einem Bildschirm aus Styropor, den sie vorne mit einer Alufolie überzogen hatte. Dazu hatte sie links und rechts je zwei Kerzen aufgestellt. Auf diesem »Gerät« konnte sie sowohl in die Vergangenheit als auch in die Zukunft schauen.

Was sollte der gute Johann dazu sagen?

Auf die erwähnten kurzen Zwischenpausen legte sie großen Wert und genoss sie. Sie wurden mit der Zeit zu einem richtigen Ritual, und sie nahm dabei Johann mit in eine ganz andere Welt.

Der große Tag

Die Kirchengemeinde des Dorfes brauchte für verschiedene Vorhaben, vor allem für Reparaturen am Dach des nun über fünfzigjährigen Kirchengebäudes, dringend Geld. Man kam auf die Idee, eine Schrottsammlung durchzuführen.

Johann stellte zum Einsammeln sein Gelände sowie seinen Gabelstapler und die verschiedensten Werkzeuge zur Verfügung. Mehrere große Container wurden im Hof aufgestellt.

Am festgesetzten Tag trafen schon in aller Frühe in großer Zahl Kleintransporter, Traktoren und Personenwagen mit Anhängern, schwer mit Altmaterial beladen, in langer Reihe ein.

Selbstverständlich war Almunde als eine der ersten mit dabei, und nahm mit großer Umsicht gleich die ganze Koordination in die Hand.

Sie wies die ankommenden Fahrzeuge sehr geschickt ein. Sie hatte ihr eigenes Werkzeug – Hammer, Zangen und Meißel – mitgebracht, und schlug damit kräftig zu. Sie war überall da, wo Not am Mann war.

FREUDE SCHÖNER GÖTTERFUNKEN!

Selbst die Automechaniker, mit welchen sie immer so viel Ärger hatte, wurden von ihr aufgefordert, sich nützlich zu machen. Und diese packten kräftig mit an, fuhren Stapler und tanzten ganz nach Almundes Pfeife. Almunde hatte unbestritten Führungsqualitäten!

Johann freute sich im Stillen ungemein für sie. Sie war ganz im Glück und lebte sichtlich auf. Sonst wurde sie immer nur für dumm erklärt, gehänselt, ausgelacht, gemieden – im Grunde beleidigt.

Zur Stärkung brachten Frauen aus der Gemeinde leckere Speisen vorbei, und jetzt fiel Johann auf, dass Almunde überaus gierig zugriff. Hatte sie etwa zu Hause nichts zu essen? Besaß sie überhaupt Geld?

Herbst

Es war Herbst geworden, die Tage wurden kürzer, und die Arbeiten in Haus und Hof wurden mehr. Almunde kam jetzt fast jeden Nachmittag, pünktlich zur ausgemachten Zeit.

Die kurzen Pausen – inzwischen zum Ritual geworden – wurden genau eingehalten, und dadurch bekam Johann mehr und mehr Einblick in ihr Leben, ihre Probleme, ihre Kümmernisse. Und in ihre zwiespältige Gedankenwelt.

»Ja, wenn Wolfgang noch wäre, der hat mir geholfen. Er hatte MS – Multiple Sklerose. Das war zuletzt sehr schlimm.

Mein Ex war Alkoholiker, der war widerlich.«

Dies stimmte allerdings nicht, wie Johann wusste. Das bildete sie sich ein, oder sie suchte einfach einen Grund zur Rechtfertigung ihrer zerbrochenen Ehe.

Ganz in Gedanken verloren erzählte sie weiter, mehr für sich selbst als für Johann, immer wieder unterbrochen durch einen unmotivierten Aufschrei:

»Ich war bei der Bundesbahn als Zugbegleiterin in ganz Deutschland unterwegs. Ich habe vieles gesehen und erlebt!«

Und ohne Unterbrechung weiter: »Mit unserem Bürgermeister ist etwas faul. Was ich jetzt erzähle darfst du niemand weitersagen! Ich habe es genau gesehen: Abends spät, er war allein im Rathaus, da sind zwei Männer mit zwei großen Koffern gekommen und haben diese dem Bürgermeister übergeben. Einen davon hat er aufgemacht, der war gespickt voll mit Geld. Was macht der mit dem Geld?«

»Almunde du träumst! Das gibt es nicht! Du siehst Gespenster!«

»Nein, ganz bestimmt, ich habe es genau gesehen! Siehst du da oben auf den Tannenzweigen die kleinen Männchen sitzen? Sie lachen und freuen sich über uns.«

»Wenn du sie siehst wird es schon stimmen. Ich sehe sie nicht …«

Einige Dinge, die Johann anfangs befürchtet hatte, trafen mit Sicherheit nicht zu: Sie trank keinen Alkohol. Was er noch mehr befürchtet hatte: Sie hatte auch nichts mit Drogen zu tun. Sie war in dieser Hinsicht grundsolide. Johann hatte volles Vertrauen zu ihr. Und was sich nach Märchen und verrückten Geschichten anhörte, waren einfach ihre abschweifenden Gedankenausflüge in eine andere Welt, in welche er ihr schlicht und einfach nicht folgen konnte.

Leider hatte es den Anschein, dass diese Phasen immer öfter, immer länger und ausgeprägter auftraten und zum Ausdruck kamen.

Trotz allem: Sie hatte ein sehr gesundes Selbstbewusstsein. Sie wollte absolut nicht ein leuchtendes Vorbild für die Welt sein. Das überließ sie anderen. Aber sie kannte, wenn sie gerade nicht träumte, ihre Stärken, aber auch ihre Grenzen sehr genau. Sie war zudem eine sehr kluge, sensible, fromme, ja tiefgläubige Katholikin ohne jeden Zweifel. Sie hatte ein unerschütterliches Gottvertrauen!

Ebelinchen und Helmelinchen

Zu allen Geschöpfen hatte Almunde ein sehr inniges, ja: mütterliches Verhältnis. Jede kleine Pflanze, jede Spinne und jeder Käfer – alle waren ihre Kinder. Keines durfte verkommen. Alle wurden gehegt und gepflegt, oft auch zu Tode, weil die Natur eben ihre eigene Wege ging, und nicht die Wege, die Almunde gerade richtig fand.

Ihre beiden schwarzen Katzen, »Ebelinchen« und »Helmelinchen«, welche bei ihr im Bett ihren Schlafplatz hatten, waren die liebsten und friedlichsten Geschöpfe auf Gottes Erdboden, von ihr zu allem Guten erzogen, nie Böses denkend. Sie bekamen immer genug und nur das Allerbeste zu essen.

Und doch fraßen sie die kleinen, noch blinden Mäusekinder, die Almunde irgendwo gefunden hatte und mit ihren Katzenkindern im Bett zu einem friedlichen Zusammenleben erziehen wollte.

Almunde war untröstlich: So etwas machten ihre Katzen!

Bei Johann waren junge Bachstelzen aus dem Nest gefallen. Sie starben trotz ihrer Pflege und mussten beerdigt werden. Ein jedes der kleinen Vogelkinder bekam einen Namen und ein kleines Holzkreuz auf sein Grab gesetzt.

Aber nicht nur um Pflanzen und Tiere war sie besorgt, die ganze Menschheit wurden in ihre Hilfsbereitschaft mit einbezogen. Ein weinendes Kind war eine Katastrophe für sie. Einem rangierenden LKW-Fahrer war sie behilflich. Sie sah, wo etwas fehlte, und packte spontan mit zu.

In solchen Phasen, wäre sie bereit gewesen, sich selbst zu opfern, um damit die ganze Welt in Ordnung zu bringen, die ganze Welt aus allen Nöten zu befreien. Sie half Manfred Pflug, den Dorfplatz in Ordnung zu halten; sie half den Arbeitern bei der Dorfreinigung und beim Straßenkehren; und sie half Gerald

Haug, dessen Frau unlängst gestorben war, und der ziemlich hilflos dastand.

Schau bitte deine Kleidung nach:
MIKROS.

Er war behindert und ein wenig ungeschickt. Sie machte ihm Feuer im Herd und Ofen, besorgte das Brennholz. Dank dafür bekam sie nicht, im Gegenteil: Er schnauzte sie noch recht unbeherrscht an, wenn an ihrem Tun etwas nicht ganz seinen Vorstellungen entsprach. Aber Dank erwartete sie nicht.

Und, dass sie selbst etwas zum Heizen brauchte, vergaß sie darüber.

Post von Almunde

AEG 13.07.2013

Johann Jacobs

ES GIBT NICHTS GUTES
AUSSER MAN TUT ES.

Grüß Gott

Hallo mein lieber Hansi!

Ich grüße Dich ♥-lichst.

Z. Zeit bin ich auf Wohnungssuche, die Vermieterin hat mich gebeten, auszuziehen, sie habe nur Ärger mit mir. Ich habe sie gebeten, mir eine schriftliche Kündigung zu zu leiten.

Herr Dr. Gabrielis hat mich krank geschrieben. Ich bestelle kein Winterholz mehr!

Mit lieben Grüßen

  AEGundermann

Das Babykätzchen habe ich auf den Namen Helmelinchen getauft. Das Helmelinchen war nämlich sehr krank. Es litt an einer linksseitigen Augenentzündung. Heute Nacht hatte es einen heißen Kopf bekommen. Es fieberte, ab und zu fror es auch. Ich mußte rasch handeln, ließ alles im Haushalt liegen, Helmelinchen war wichtiger.

Zunächst bekam Helmelinchen Eichenrinde-Umschläge (Ich habe zum Glück gottlob eingelegte Eichenrinde vorrätig) auf sein Äuglein. Die Hitze mußte aus dem Körper hinaus. – Danach Waschungen des Äugleins. Es schrie immer wieder vor Schmerz und ich mußte beruhigend auf das Tierkind einreden, das heißt man Psychologische Behandlungs(begleitende) maßname.

Plötzlich (wie ich dem Tierputzele helfen wollte) kam mir die Idee mit der fetten Sahne, es sah doch so abgemagert u. traurig aus.

Ich hatte ja für mich die fette Sahne mit Eichenblättern u. -Rinde getünscht.

Warum sollte ich das Helmelinchen so plagen? (Augenwäsche). Wie wäre es, wenn Helmelinchen, bei leichter Augenbesserung, sein Essen wählen könnte?

Die leichte Besserung trat in den frühen Morgenstunden ein, es schrie aber immer noch, der Reiz des Lichtes war ja geblieben, es tat noch weh.

Ich gab den 1.Teelöffel Sahne kontinuierlich, Helmelinchen genaß erst 6 Stunden später, aber es gesundete, ohne hohe Kosten, denn ich kann mir leider keinen Tierarzt leisten.

Helmelinchen weint jetzt nicht mehr, es putzt sich selbst, ich habe das kl. Mädel am Nachmittag vor die Türe gesetzt, weil es frei sein muß, um zu überleben, es muß ja lernen, aber im Freien.

Stell Dir nur vor, das Katzenmädel kommt immer wieder zu mir, wenn es krank wird, es bahnt sich dabei stets einen Fluchtweg, um den Angreifern zu entkommen es versteckt sich bei Krankheiten auch.

Helmelinchens Auge sonderte plötzlich eine erhebliche Menge grünes Sekret ab, oh wie das alles weh tat, aber das Sekret mußte ja rasch u. möglichst hygienisch entfernt werden.

Meine mit Eichenlaub u. Eichenrinde angereicherte, fette Sahne half also den Körper von innen, das Auge zu heilen.

Es handelte sich vermutlich um Staphylokokken, also Eitererreger, die die Schmerzen bei Helmelinchen ausgelöst hatten. Das Gute: Die Quercus sessilies wirkt antibiotisch, besonders auf Staphy's. Ich fügte der fetten Sahne bei den letzten Anwendungen auch noch Kalk hinzu.

PS: Ich hatte die Sahne andicken lassen, sie war also gesäuert, das Eichenlaub war jedoch zuvor in der frischen Sahne verblieben u. sollte dieselbe desinfizieren, weil ja stets Restkeime in der Sahne sind. Anderseits ist die Sahne Vitamin A -haltig u. imstande dem Auge von innen das wichtige Fett zuzuführen. Es war viel Arbeit, die sich lohnte. Helmelinchen ißt jetzt wieder u. ist fröhlicher Natur, das ist mein Gewinn, den ich heut Nacht erzielte.

Mit ♥-herzlichen Grüßen

AEG

Ps: Ebelinchen geht es sgt, sie ist nur manchmal etwas eifersüchtig auf das kl. Helmelinchen!

Der Schneider

Dann gab es im Dorf noch Peter Seidel, den ehemaligen Dorfschneider und Inhaber eines kleinen Kurzwarengeschäftes. Er lebte allein, denn seine Frau hatte ihn verlassen. Er war Rentner.

Der Schneider war ein cleverer, aber ein durch und durch ordinärer, widerlicher Mensch – vor allem Frauen gegenüber. Auch er lebte in seiner eigenen Welt, und war dabei der irrigen Meinung, dass, wenn schon mal *er* auf dieser Welt war, Sonne, Mond und Sterne entbehrlich seien.

»Schneider, du bist so ein Schwein!« Es lag Johann manches Mal auf der Zunge, ihm das so direkt zu sagen. Das wäre auch das einzig

Richtige und Wahre gewesen. Er sagte es aber nie, wenn er ihm begegnete und sein aufdringliches, widerliches Geschwätz anhören musste, etwa auf einem Dorffest. Denn was hätte sich dadurch geändert? Gar nichts! Streit hätte es allemal gegeben, womöglich vor anderen Leuten, und das war die ganze Sache nicht wert. Johann Jacobs hatte folglich wenig mit ihm zu tun, und ging ihm aus dem Weg, weil ihm seine zotigen Albernheiten einfach widerlich waren.

Peter Seidels heruntergekommenes Anwesen lag gerade gegenüber von Almundes Wohnung, auf der anderen Seite des Dorfplatzes. Nach ihrem Empfinden lag er stets auf der Lauer um jeden Schritt den sie machte zu beobachten:

»Er schaut mir mit seinem Fernglas unter meinen Rock wenn ich an meinem Haus etwas arbeite und mich bücke!«, erzürnte sie sich.

Und trotzdem: Die barmherzige Almunde fühlte sich als seine Nachbarin dazu verpflichtet, ihm behilflich zu sein, obwohl seine Nachkommenschaft im Dorf lebte und sich um ihn hätte kümmern können, ihn aber mied, wie die allermeisten anderen Leute auch.

Peter war stets bestrebt, Almunde an sich zu binden, und die edelmütige Frau fiel immer wieder auf seine wehleidigen Hilferufe herein.

Andererseits Almunde: Sie war immer auf der Suche nach einem Mann. Davon träumte sie ständig, und dann sieht eine Frau – besonderes eine wie Almunde – über alles hinweg; da gibt es plötzlich keine Vernunft und Logik mehr. Da bahnt sich die Natur ihren Lauf!

Und noch etwas kam hinzu: Almunde hatte einen sehr ausgeprägten Mutterinstinkt. Und dazu fehlten ihr die eigenen Kinder, deshalb war sie immer auf der Suche nach einem Ersatz. Alles wurde »bemuttert«: Jeder Wurm, jede Blume, Wolfgang, der Schneider genauso wie das kleine Vogelkind.

Wer weiß! Hätte sie eigene Kinder gehabt, wäre das mit ihren psychischen Problemen vielleicht anders verlaufen. Aber das ist nur eine Vermutung – vielleicht hätte es dann andere Probleme gegeben.

In Almundes Aussagen über den Schneider dürften sich so manche ihrer Wunschvorstellungen und Phantastereien mit eingeschlichen haben. Ihrem Erzählen konnte man aber entnehmen, dass der Schneider auf Johann krankhaft eifersüchtig war. Er konnte es nicht ertragen, dass sie so oft bei ihm war. Das tat dem »lieben Peter« sehr weh.

Er versuchte permanent, Johann bei ihr schlecht zu machen. Almunde regte sich darüber auf, Johann war es egal. Er musste ihn aber auch nicht anhören. Zeitungen, in welchen er, Johann Jacobs erwähnt, oder gar abgebildet war, was ab und zu vorkam, zerriss er.

Für Almunde war Johann der »*Powerman*«. »So einen wie dich möchte ich haben!«, sagte sie immer wieder. Das spürte natürlich auch der »liebe Peter«.

Johann gab ihr aber klipp und klar zu verstehen, dass ihrer Freundschaft absolute Grenzen gesetzt waren, die zu überschreiten sie besser nicht riskieren sollte. Almunde beschwichtigte: »Du kannst deiner Frau ruhig sagen, dass ich keine Ambitionen auf dich habe.«

Dem Schneider ging sie überall zur Hand, brachte seine Kleider nach seinen Angaben in Ordnung. Da war er pingelig, da war er vom Fach! Und sie ließ sich von ihm herumkommandieren, was ganz ihrer sonstigen Lebensauffassung und Gewohnheit widersprach. Almunde liebte ihre Freiheit über alles. Doch beim »Schneider« war sie die demütige Frau, die zu dienen hatte. Oder vielleicht die Mama? Und Peter war selig, wenn er eine Frau um sich hatte!

Sie fuhr mit ihm zum Arzt und zum Einkaufen. Hatte sie seine Einkäufe getätigt und aus seiner Geldbörse bezahlt, wurde sofort am Auto geprüft, ob alles seine Richtigkeit hatte, dass ja das Geld stimmte. Sie war ihm zu allem recht, aber er hatte nicht das geringste Vertrauen zu ihr, und er zeigte ihr das deutlich.

Musste ihr Handy aufgeladen werden, kam sie zu Johann, denn das war ihr beim Schneider nicht gestattet! Sie durfte auch nie von seinem Apparat aus ein Telefongespräch führen. Sie schimpfte auf ihn. Johann glaubte manches Mal, sie hasse ihn. Trotzdem war sie sehr oft bei ihm und half ihm.

»Warum gehst du zu ihm? Was hast du bei ihm verloren? Bleib einfach weg!«, sagte Johann.

Tomasz und Rudi

Ganz geheuer war es Tomasz nicht, als Johann ihm eröffnete, dass er einen Raum direkt neben dem Platz, den er von Johann gemietet hatte, einem Polizisten aus Stuttgart zur Verfügung stellen wollte.

Tomasz war bei einer Städtereinigungsfirma damit beschäftigt, in den angrenzenden Landkreisen die ausgedienten Elektrogeräte einzusammeln und zu entsorgen. Er entnahm und sammelte daraus die ganzen Buntmetalle: Kupferkabel, Messingteile, Edelstahlspülen etc., und trieb damit einen regen Altmaterialhandel, bei welchem er, wie es schien, ganz gute Geschäfte machte.

Doch dieser Handel war wohl ein wenig außerhalb der Legalität. Eigentlich gehörte das Material ja seiner Firma, beziehungsweise den jeweiligen Landkreisen.

Aber als Pole sah er das mit dem Eigentum nicht ganz so eng – besonders wenn der Eigentümer eine Institution wie der Landkreis war. Denn daran waren doch alle ein klein bisschen beteiligt, oder? »Heute gestohlen, morgen schon in Polen!«, war sein Lieblingsspruch, den er immer wieder gerne scherzhaft zum Besten gab.

Nein, Tomasz war ein lieber, ehrlicher Mensch, manchmal etwas aufbrausend, aber sehr fleißig, und Johann gönnte ihm von Herzen seinen Reichtum.

Aber das mit dem Polizisten gleich nebenan, das war Tomasz doch nicht geheuer. Der merkte vielleicht, dass manches seiner Geschäfte nicht so ganz den deutschen Vorschriften entsprach ...

Jedoch Rudi, der Polizist, hatte in Stuttgart – dort war er hauptsächlich im Einsatz – mit den vielen Demonstrationen rund um den neuen Bahnhof genug um die Ohren. Er war wirklich ein herzensguter Mensch und wollte privat nicht auch noch Ärger mit anderen Leuten haben.

Und so dauerte es nicht lange, und Tomasz und Rudi waren die besten Freunde. Johann freute sich darüber.

Nun wäre es fast ein Wunder gewesen, wenn Almunde nicht auch dazu gefunden hätte. Sie war ja immer auf der Suche nach Abwechslung, genauer: nach einem Mann.

Die beiden nahmen sie so wie sie war, lachten mit ihr und nicht über sie, waren immer nett und anständig zu ihr. Das genoss Almunde.

Im Gegenzug kümmerte sie sich um die Gesundheit der beiden und versorgte sie regelmäßig mit Vitamintabletten, welche sie irgendwo umsonst bekommen hatte.

Wenn Leute zusammenfanden und so locker mit einander umgingen, konnte sich Johann richtig darüber freuen. Er selbst war in diesem Kreis natürlich jederzeit herzlich willkommen.

Das Foto

Seit einiger Zeit hatte Johann eine kleine Fotografie auf seinem Schreibtisch aufgestellt, die seinen Vater als Soldat in Unteroffiziersuniform in einer Schreibstube in Russland, kurz vor Leningrad, darstellte. Sein Vater war damals gerade 40 Jahre alt, ein strammer, großer Mann.

Almunde sah das Bild und war ganz fasziniert: »Wer ist dieser Mann?«

»Mein Vater!«

»Dein Vater?« Sie schaut auf das Bild, dann auf Johann.

»Dein Vater? Immer sehe ich diesen Mann hinter dir stehen und versuche zu ergründen, wer dieser Mann ist, und was der mit dir zu tun hat, und was der von dir will. Jetzt weiß ich, woher du deine Kraft, dein Können, deine Ausstrahlung hast. Immer steht dieser Mann, dein Vater, hinter und neben dir, und hilft dir in allen Lebenslagen. Daher hast du deine Stärke!«

Sie war ganz im Glück über diese Erkenntnis. Und Johann wusste wieder einmal nicht, was er denken sollte.

PLEASE INPUT ALL THE CAPSELS

Ein anderes Mal: »Weißt du, mein Ex zahlt mir immer weniger und mit immer mehr Verspätung. Er will unser Häuschen verkaufen. Soll er! Dann hoffe ich, dass ich meinen Anteil ausbezahlt bekomme, dann habe ich endlich wieder Geld. Ich war schon bei einem Rechtsanwalt und habe mich beraten lassen.«

Sie ließ durchblicken, dass Wolfgang ihr das Auto mit Steuern und Versicherung finanzierte und überhaupt sehr großzügig war. Aber Wolfgang war nicht mehr …

Sie gingen an ihre Arbeit, fegten das viele Laub zusammen und luden es auf eine Schubkarre. Almunde war wie so oft ganz vergnügt, lachte lauthals, redete mit sich selbst, wahrscheinlich auch mit den Männchen, die sie herumlaufen sah – meistens waren es drei, und kippte das eben aufgeladene Laub mit großem Schwung und einem »Jauchzer« gleich nebenan wieder auf den Boden, um es dann erneut aufzuladen.

Johann meinte kopfschüttelnd: »Almunde, was soll das?«

»Du, ich habe auf meinem Bildschirm gesehen, dass du in einem früheren Leben einmal ein Clown gewesen bist. Das merkt man dir heute noch an!«

»Wenn du das sagst, wird es wohl so gewesen sein. Aber du hast doch gar keinen elektrischen Strom, wie kann da dein Bildschirm funktionieren? Das geht doch nicht.«

»Mein Bildschirm geht ohne Strom!«

Zu solchen Auslassungen kam es, wenn sie mit ihren Gedanken, wenigsten zum Teil, in einer anderen Welt unterwegs war. Normalerweise ließ sie sich nicht in ihr Seelenleben blicken da war sie sehr empfindlich. Das hieß aber auch, dass ihre »vernünftigen Erzählungen« oft sehr am Rande der Realität angesiedelt waren.

»Almunde, du hast mir einmal von deiner Arbeit bei der Bundesbahn erzählt. Wie bist du eigentlich zur Bundesbahn gekommen?«

Und Almunde erzählte.

Kindheit und Jugend

»Ich bin ein Kind der Waterkant. Ich wurde in einem Dorf nahe Aurich in Ostfriesland geboren, und bin dort mit vier Geschwistern aufgewachsen.

Mein Vater stammte aus Ostpreußen, meine Mutter aus der Gegend von Bremen. Ich besuchte nach der Volksschule in unserem Dorf eine höhere Schule in Aurich.

Mein Vater war sehr lieb zu mir, im Gegensatz zu meiner Mutter. Sie war eine böse Frau! Mein Vater hat mir vieles gezeigt und erklärt, von ihm habe ich sehr viel für mein Leben gelernt. Er ist leider früh gestorben.

Meine Mutter lebt noch, aber ich wurde zum »*Bad Child*« zum schwarzen Schaf der Familie. Ich habe keinen Kontakt mehr zu meiner Familie. Einer meiner Brüder verstarb vor zwei Jahren.

Sobald ich das Geld zu einer Fahrt nach Aurich zusammen habe, fahre ich dort hin und besuche das Grab meines lieben Vaters.

Ich erinnere mich noch gut daran, wie es zwischen Vater und Mutter zu einer großen Auseinandersetzung kam, nur weil ich, im Gegensatz zu den anderen, mein Frühstücksei gerne hart gekocht haben wollte!«

Doch dann fragte sie plötzlich:

»Warum willst du das alles so genau wissen? Das geht doch dich nichts an!«

Das, was sie über Aurich erzählte musste wohl stimmen, denn Johann hatte ihr einmal Dias von einer Windmühle in Aurich gezeigt, die er vor langer Zeit fotografiert hatte, und sie stellte fest, dass seine Bilder seitenverkehrt waren. Offensichtlich kannte sie Aurich, denn sie hatte Recht.

»Ich habe dann eine Lehre bei der Deutschen Bundesbahn gemacht und habe mich so weiterqualifiziert, dass ich als Zugbegleiterin eingesetzt wurde, zuletzt im Intercity und in Fernzügen, bundesweit.

Es war eine sehr anspruchsvolle Arbeit, eine sehr arbeitsreiche Zeit, aber schön! Ich hatte täglich mit allen möglichen Leuten zu tun, auch mit vielen Ausländern, die in Deutschland unterwegs waren, ich spreche Englisch.

Dieses Gefühl, immer auf Achse, immer unterwegs zu sein, ist für mich das Höchste! Unterwegs sein ist mein Zuhause!

Wenn die Räder rollen, spüre ich ein Vibrieren, das durch meinen Körper geht. Ich fühle mich wie ein Vogel: Morgens in Hamburg, nachmittags in Mannheim und abends in München.

Und dann noch ein nettes Gespräch mit angenehmen Fahrgästen!

Vor allem die Reisenden der 1. Klasse waren oft sehr anspruchsvoll, und ich musste, als

Frau, oft sehr energisch auftreten, um mich durchzusetzen.«

Johann warf ein: »Jetzt werde ich gleich neidisch!«

»Ich habe mich immer weitergebildet, habe Kurse besucht, die von der Bundesbahn angeboten wurden. Als einmal in den Zügen hintereinander verschiedene kriminelle Dinge passierten, stand zur Debatte, ob wir nicht mit Pistolen ausgerüstet werden sollten.«

»Und wie und wo hast du deinen Mann kennengelernt?«

»Wieso?« Sie sitzt auf einem Stuhl und blickt Johann, der neben ihr steht, von unten ganz skeptisch an. »Warum willst du das wissen, das geht doch dich nichts an!«

»Nur so – ich dachte eben. Du brauchst es mir ja nicht zu erzählen. Deswegen wäre ich dir nicht böse.«

Aber dann tat sie es doch. Sie blickte zur Zimmerdecke, stand auf, schritt im Raum hin und her, blickt in die Ferne – oder in die Vergangenheit? – dieses Mal nicht in eine andere Welt, und fing unter Lachen und sichtlich bewegt an, zu erzählen.

Eine stürmische Liebe

»Während meiner Zeit bei der Bundesbahn hatte ich einige Möglichkeiten, die so nicht jeder hat. Ich konnte die Bahn privat kostenlos benutzen und innerhalb Deutschlands umherreisen. Und im europäischen Ausland hatte ich bei den jeweils nationalen Bahngesellschaften ebenfalls große Vergünstigungen. Und ich war nicht erschrocken, und nützte die Gelegenheit, wann immer ich nur konnte.

In vielen deutschen Städten waren direkt in den Bahnhöfen oder in ihrer Nähe Appartements für die Angestellten, die ja zu jeder Tages- und Nachtzeit unterwegs waren, bereitgestellt: Sie kamen an, schliefen oft nur ganz kurz, und mussten wieder weiter.

Diese Appartements wurden von örtlichen Angestellten der Bundesbahn gepflegt. Nur meine Bettwäsche, Dinge, die ich für meinen täglichen Bedarf benötigte, und eventuell Kleider zum Wechseln führte ich in großen Taschen, die übrigens von der Bundesbahn gestellt waren, mit mir.

Für die Appartements hatte ich in der Regel einen Schlüssel, oder dieser war an einer bestimmten Stelle hinterlegt, und ich konnte diesen auf Vorlage eines Berechtigungsscheines dort abholen. Es war alles nach Deutschem Bundesbahnstandard organisiert.

Oft war ich auf Fernzügen zwischen Bremen und Stuttgart unterwegs. Ich fuhr gern nach Esslingen, dort gefiel es mir, da fühlte ich mich wohl. Das war so ein kuscheliges Appartement. Ich zog, wenn es zeitlich passte, meine Uniform aus und kleidete mich normal an, und unternahm etwas, machte einen Stadtbummel in dieser wunderbaren, alten Stadt.

Die ländliche Gegend außerhalb Würzburgs hatte es mir auch angetan, und als ich in einer Bundesbahnzeitung die Anzeige von einem Zeltplatz am Hillerbachsee im Spessart entdeckte, machte ich dort mit meinem Zelt zwei Wochen Urlaub.

Hier begegnete ich einem jungen Mann, der mir auffiel, und ich war ihm anscheinend auch aufgefallen. Als wir uns kurz danach in einer Diskothek zufällig nochmals begegneten, wurde ich von ihm zu einem Drink eingeladen, und ganz schnell war die große Liebe perfekt.

Als mein Urlaub zu Ende war hatte er mir den Kopf total verdreht und ließ mich nicht mehr nach Bremen zurück.

Es waren glückliche, selige Tage! Aber es gab auch schlaflose Nächte!

Was will er von mir?

Und: was will ich?

Ich bin total durcheinander!

Er meint es ernst. Er sagt: Wir heiraten! Das geht mir etwas zu schnell, ich kenne ihn kaum.

Und jetzt verlangt er, dass ich meinen Urlaub überziehe, und nicht nach Bremen, zu meiner Arbeit, zurückkehre. Was denkt der eigentlich, was das für mich bedeutet?

»Du überlegst dir alles anders! Du hast in Bremen einen Schatz, wenn du es auch nicht zugibst, und kommst nicht mehr zu mir zurück!«

Er ist eifersüchtig,

Das mit dem Schatz stimmt, aber das ist nicht das Problem. Meinem Freund Hendrik, eine Freundschaft aus der Schulzeit, traue ich sowieso nicht, ich habe das Gefühl, dass ich nicht die einzige bin. Ich habe ihn gern, wenn ich mirs jedoch recht überlege, kommen große Zweifel, ob das mit ihm auf Dauer gut geht. Er ist ein Hallodri.

Da ist Frank etwas Solideres. Denke ich doch. Oder? Männer!

Ich bin so in ihn verliebt!

Aber, das mit dem Dableiben, das geht zu weit. Wenn ich ihn nicht so unheimlich, ja, unheimlich gern hätte!

Eine große Liebe muss zu Opfern bereit sein.

Was würde mein Vater dazu sagen?

Lauter Fragen!

Ich werde verrückt!

Meine Nerven!

Er verspricht mir den Himmel. Ich glaube ihm. Ich hab ihn so gern. Mein Gott! Was soll ich nur machen?

Zu meinem Unterhalt brauche ich niemand ich habe einen guten, ja sehr guten Job. Ich bin versorgt, ich brauche keinen Mann.

Wo nur meine Gedanken überall umherschweifen!

Morgen fahre ich nach Bremen und gehe an meine Arbeit. Und dann, wenn ich etwas Abstand gewonnen habe werde ich weitersehen.

Ja – Nein – Vielleicht?

Nein, daran darf ich nicht denken!

Vielleicht will er dann nicht mehr. Jetzt werde ich eifersüchtig!

Und wenn er ... eine Andere?

Ich könnte einen Tag später fahren! Das würde auch reichen! Aber das Problem ist damit nicht gelöst, nur um einen Tag verschoben.

Ich werde verrückt. Mir flattern meine Nerven.

Gut, meine Abreise verschiebe ich noch einmal um einen Tag.

Eine Andere?

Ich habe mich entschlossen: Ich bleibe bei meinem Frank, er ist mein Ein und Alles. Ich lasse meine Arbeit Arbeit sein!

Ich habe keinen eigenen Willen mehr!

Es macht »Klirr« in mir, es ist wie wenn in mir eine große, teure Kristallvase auf einen Steinboden gefallen und in tausend Stücke zerborsten wäre.

Meine Nerven! Sollte ich doch fahren?

»Er nahm mich mit nach Steinhardt, stellte mich seiner Mutter als seine Braut vor, und gleich darauf wurde ganz offiziell Verlobung gefeiert.

Jetzt ließ er mich wieder nach Bremen reisen, und als ich bald darauf wieder zurück war, besorgte er seiner Braut – also mir – eine kleine Dachwohnung im Zentrum von Würzburg. Bald wurde Hochzeit gefeiert, und wir – ein überglückliches Paar – zogen nach Steinhardt in eine Mietwohnung.

Meinen Job gab ich schweren Herzens auf.«

Aber – aber da war ein Knacks! Es war etwas passiert, was Almunde fortan immer zu schaffen machte: Sie, die überaus korrekte, überpünktliche Almunde, hatte kurzum ihren Urlaub verlängert, ja war einfach nicht mehr zu ihrer Arbeitsstelle zurückgekehrt!

Was hätte dazu ihr gestrenger Herr Vater gesagt, der sie doch immer zu absoluter Gewissenhaftigkeit und Ehrlichkeit angehalten hatte?

> WENN ICH LIEBE, SEH ICH STERNE,
> IST`S GETAN, SEH ICH DEN MOND.
> ACH, ES WAR NUR DIE LATERNE,
> TROTZDEM HAT ES SICH GELOHNT.
>
> JULIE SCHRADER

Sie hatte etwas getan, was ihr im Grunde ihres Herzens zuwider war. Was sie einfach nicht konnte. Sie hatte ihre Sinne nicht mehr beieinander. Sie die Stolze, die Makellose, hatte

Gewissensbisse wie ein kleines Schulmädchen, das die Schule geschwänzt hatte. Sie hatte gegen eine innere Stimme, gegen ihren eigenen Willen gehandelt. Das spürte sie. Sie hatte etwas falsch gemacht!

War es nicht ein kleiner Schritt zu viel, was sie für ihren Mann, ihre Ehe geopfert hatte? Ihr Mann hatte sie ganz unbewusst, unwillkürlich tief gedemütigt. Er hatte ihr etwas von ihr selbst genommen. Das belastete sie Zeit ihres Lebens. Aber genau *das* bedeutet Heiraten, oder?

Doch das alles war längst vorbei. Wenn Johann sie, während sie gerade einen lichten Moment hatte, danach fragte, wurde sie ganz ausgelassen und erzählte. Es riss sie von ihrem Stuhl, sie lief im Zimmer hin und her, erzählte und lachte. Sie durchlebte diese Zeit noch einmal ganz intensiv, war mitten dabei. In Tunesien waren sie mehrere Mal gewesen, in Ungarn und in Rumänien. O schöne, glückliche Zeit!

Dann plötzlich besann sie sich, und wurde wieder ganz misstrauisch: »Was geht dich das an? Warum willst du das alles wissen?«

»Nur so …«

Johann war die eigentliche Geschichte gar nicht so wichtig. Es war für ihn viel interessanter zu erfahren, wie sie alles, bis zu ihrer Ehescheidung, bis heute, verarbeitet hatte. Was sie aus der Bahn geworfen hatte. Wie sich ihr geistiger, vor allem ihr seelischer Zustand entwickelt hatte. Und wie sie nun damit umging und mehr schlecht als recht zurechtkam.

Ihr Lebensweg lief seither auf zwei ganz verschiedenen Ebenen ab, aber Johann spürte: Sie selbst nahm das überhaupt nicht wahr. Sie bewegte sich, ohne selbst etwas davon zu merken, einmal auf der einen dann wieder auf der anderen Ebene.

Und da hatte er jetzt doch einige Einblicke bekommen. Aber verstehen? Das konnte er das Ganze nicht.

Das liebe Geld

Zurzeit schien bei Almunde ein ganz anderes Problem an erster Stelle zu stehen: Ihre Finanzen.

Sie sagte nichts, aber sie ließ immer wieder durchblicken, dass ihr »Ex« nur noch sehr widerwillig und nur nach Aufforderung eines Rechtsanwaltes zu Zahlungen bereit war. Sie war zu stolz um zu jammern, aber sie hatte keine Einkünfte, und alle ihre vielen Bewerbungen waren vergeblich. Wo sie sich vorstellte wurde sie abgewiesen. Bei ihrem Aussehen und ihrem hysterischen Auftreten war das auch nicht verwunderlich.

Sie hatte kein Geld mehr für das Nötigste. Johann versuchte beim Sozialamt der Stadt etwas für sie zu erreichen. Welche Möglichkeiten gab es, dass sie irgendwie etwas für ihren Unterhalt bekam? Er ging mit ihr aufs Amt, wo sie einige Formulare zum Ausfüllen bekam, was sie an Ort und Stelle umgehend und äußerst korrekt ausführte.

Ihr Heim lag gleich auf der anderen Straßenseite zum Kindergarten. Wahrscheinlich bekam sie jetzt, auf Johanns Bestreben, von der Stadt vom Mittagstisch des Kindergartens täglich etwas zu essen.

Wie weit war sie gesunken! Arme Almunde! Die Erwachsenen, spotteten und lachten über sie, und Kinder zeigten mit dem Finger auf sie. Und vor allem bei den Jugendlichen war sie nur noch »die schwarze, alte Hex«, welche dazu gut war auf allerlei Art geärgert zu werden. Das tat ihr sehr weh! Das hatte sie nicht verdient.

Es gab im Dorf Leute, die meinten, nach Fernsehberichten das Einkommen von Almunde genau errechnen zu können, und feststellten, dass dies gar nicht so wenig war, und dass sie damit durchaus zu leben im Stande sein müsste. Und überhaupt: Wenn sie nicht so ein faules Mensch wäre, könnte sie einer geregelten Arbeit nachgehen, um ihren Lebensunterhalt selbst zu verdienen!

Sahen diese Leute in ihrem verbiesterten Neid nicht, wie elend sie daherkam, und dass sie außer Stande war, das Allernötigste zu ihrem Lebensunterhalt zusammen zu bringen und zu halten? Diese Leute gönnten ihr nicht einmal ihre gute Dorfluft zum Atmen. Sie solle so schnell wie möglich verschwinden!

Eine jede Gemeinschaft braucht einen »Buhmann« ein »Schwarzes Schaf«, über das sie, so richtig aus tiefstem Herzen, urteilen, lästern und tratschen kann nur um festzustellen, was man doch selbst für ein feiner Kerl ist. Ja: »Gar mancher zündelt mit der Stalllaterne und er denkt er sei das Licht der Welt …«

Und Almunde wurde im Laufe der Zeit im Dorf absolut zum schwarzen Schaf. Sie eignete sich vorzüglich zur »schwarzen, alten Hex«. Zum Tratschen. Über was sonst hätte man sich im Dorf unterhalten?

Und trotz allem: In lichten Momenten war sie in schwierigen Situationen durchaus im Stande ihren Part zu spielen. Aufzutreten.

Geld wird nicht mehr angenommen, wurde bestrahlt!

Vor allem das Verhältnis zu Johann war vielen im Dorf äußerst suspekt! Er war eine Respektsperson, weit über das Dorf hinaus bekannt. Warum hielt er zu ihr? Hatte er etwas mit ihr? Da passte doch etwas nicht zusammen! Die beiden waren in allem so unterschiedlich. Zu gerne hätte man ihm etwas angehängt! Sich mit ihm deshalb anzulegen, hätte aber sehr unangenehm werden können. Zu ihm sagte deshalb keiner ein Wort.

Der Tank ist leer

Das Letzte, was Almunde bereit war aufzugeben, war ihr Auto. In einem so abgelegenen kleinen Dorf, in dem jede Kleinigkeit auswärts besorgt werden musste, war es fast lebensnotwendig. Jedoch fürs Tanken war beinahe kein Geld da, und deshalb tankte sie solch kleine Mengen, dass sie stets damit rechnen musste irgendwo stehen zu bleiben.

Es war nun richtig Herbst geworden. Es wurde früh dunkel.

An einem Montag, am Spätnachmittag kam Almunde überstürzt mit ihrem Auto zu Johann:

»O, meine Nerven, meine Nerven! Ich brauche schnell ein sauberes Blatt Papier! In Ortenbeuren bei Albstadt wird ein neuer Pennymarkt eröffnet, die suchen dringend Leute, da werde ich mich bewerben! Die Bewerbung muss heute vor 18 Uhr abgegeben werden! ich muss mich beeilen! Meine Nerven, meine Nerven!«

Und weg war sie!

Am nächsten Tag zeigte sich Almunde nicht. Am übernächsten schien sie ebenfalls nicht aufzutauchen. Johann machte sich keine Gedanken, denn das kam bei Almunde vor.

An diesem Abend jedoch – es regnete stark und war schon dunkel – läutete bei ihm die Hausglocke, und Almunde stand vor der Tür: Ohne Auto. Zu Fuß, und vom Regen ganz nass.

Johann holte sie in sein Büro, sie war total am Ende und fing an bitterlich zu weinen. »O meine Nerven. Du musst mir helfen.«

»Ja was ist denn los, was ist passiert, wo hast du dein Auto?«

»Mein Auto?« Kurzes Überlegen. »Mir ist das Benzin ausgegangen ich habe es im Wald bei Hildringen an einem Waldweg abgestellt. Du musst mir helfen mein Auto zu suchen und zu holen.

»Liebe Almunde, in Hildringen gibt es keinen Wald! das kann nicht sein was du da erzählst! Und außerdem ist meine Frau gerade für ein paar Tage mit unserem Auto in den Urlaub gefahren. Ich habe im Moment kein Auto!«

»Was machen wir jetzt?«

Da klingelte das Telefon.

»Hallo, hier ist Christoph! Ich bin auf dem Weg von Albstadt nach Hause. Ich schaue schnell bei dir vorbei, wenn du noch auf bist …«

»Wie, du bist auf dem Weg von Albstadt hierher? Du kennst doch Almunde Edeltraud Gundermann und ihren alten silbernen Polo!

Guck doch mal, ob du nicht irgendwo auf dem Weg das Auto von Almunde in einem Waldweg stehen siehst!«

Christoph war ein guter Freund von Johann. Er war Elektroingenieur, Autofan, und damals noch Junggeselle, und für jeden Streich zu haben. Ja, er kannte Almunde, und auch ihr Auto, sehr gut.

»In 20 Minuten bin ich da!«

Johann bohrte nach: »Ja, Almunde erzähle doch mal, was passiert ist, aber ganz langsam, Schritt für Schritt!«

»Ich bin auf dem Heimweg von Ottenbeuren im Wald bei Hildringen stehen geblieben, weil mein Benzin zu Ende war.«

»Und dann?«

»Ich ließ mein Auto rückwärts in einen Weg hinein rollen und ging zu Fuß weiter. Es war stockdunkle Nacht. Ich hatte Angst!

Ich war noch nicht weit gekommen da hielt zum Glück ein Auto an. Zwei Männer fragten, was ich hier mitten in der Nacht in dem großen Wald mutterseelenallein verloren hätte. Ich schilderte meine Misere, und sie boten mir an, mich bis nach Hildringen mit zu nehmen.«

»Okay! Und wie ging's weiter?«

»Nachdem sie mich dort abgesetzt hatten, machte ich mich wieder zu Fuß auf den Weg, winkte mit dem Daumen und eines der nächsten Autos hielt an und der Fahrer fragte wo ich hin wollte.

»Nach Tannenberg!«

»Gut, steigen Sie ein.«

»Als ich unterwegs meine traurige Geschichte erzählt hatte und sagte, dass ich nach Kirchhardt müsse, und dass ich mich vor dem Weg durch den dunklen Wald so sehr fürchte, fuhren sie mich nach Hause! Das waren nette Leute, was war ich froh!«

Inzwischen war Christoph angekommen.

Es folgte eine kurze Besprechung:

Also, wir brauchen Benzin. Die Tankstellen sind geschlossen, nur am Automaten kann noch getankt werden. Aber dazu brauchen wir einen Benzinkanister.

Der war bei Johann zu finden. Christoph war mit seiner »Ente«, einem Citroën 2CV, unterwegs, und da waren außer dem Fahrersitz alle Sitze ausgebaut. Christoph war, wie bereits erwähnt, Junggeselle, und hatte seinen ganzen Hausrat – vom Schlips bis zur Badehose – für alle Fälle ständig im Auto. Dies alles wurde zusammengeschoben, und jetzt passte ein Korbsessel aus Johanns Hausflur perfekt als Beifahrersitz. Es war ein wenig wacklig, aber es passte.

Almunde sagte noch ein paar Mal: »Meine Nerven! Meine Nerven!«, und los ging's!

Eineinhalb Stunden später kamen beide Autos – vorneweg die »Ente«, dicht gefolgt von Almundes Polo – in Johanns Hof gefahren.

Johann bat Christoph zu sich in sein Büro. Almunde wollte natürlich ebenfalls mit hineinkommen, Johann befahl ihr aber ganz energisch, sie solle jetzt nach Hause und zuerst einmal schlafen.

»Ich bin doch nicht müde!«, protestierte sie, setzte sich dann aber doch ins Auto, und fuhr nach Hause.

»Christoph, jetzt erzähle!«

»Wir sind erst nach Grainstadt gefahren, und ich habe getankt. Dann forderte ich Almunde auf: »Jetzt überlege mal ganz genau: Wo ist dein Auto? Wo bist du überall gewesen?«

»An dem neuen Pennymarkt in Ottenbeuren!«

»Also fahren wir nach Ottenbeuren, zum Pennymarkt. Und jetzt?«

»Jetzt bin ich um den Kreisverkehr gefahren, durch Ottenbeuren, und am Ortsende bin ich rechts Richtung Pfullingen abgebogen.«

»Okay.«

»Hier den Berg hinunter habe ich den Motor abgeschaltet, um Benzin zu sparen.«

»Weiter!«

»Ich fuhr durch das Tal in den Wald, dann den Berg hinauf ...«

Und da stand ihr Auto!

Wir tankten es auf, und ich fragte Almunde ob sie im Stande sei, selbst zu fahren.«

»Aber selbstverständlich!«

Aber irgendetwas kam Johann an der ganzen Geschichte trotzdem seltsam vor!

Am andern Morgen stand Almunde schon früh wieder da, und Johann sagte zu ihr:

»Almunde, was erzählst du mir eigentlich für eine Story? Das passt doch alles gar nicht zusammen! Es fehlen fast zwei ganze Tage. Hast du mich etwa angelogen? Es geht mich nichts an, aber wo hast du dich die ganze Zeit herumgetrieben?«

»Wieso!?«

»Almunde! Du bist am Montagnachmittag bei mir gewesen. Dann erzählst du mir, du seist im Pennymarkt in Ottenbeuren gewesen und hättest auf dem Heimweg dein Auto verloren. Verschiedene Leute brachten dich in der Nacht von Montag zum Dienstag nach Hause. Gestern Abend bist du dann zu mir gekommen, um dein Auto zu suchen. Gestern war Mittwoch, heute ist Donnerstag! Wo sind der Dienstag und der größte Teil des Mittwochs geblieben?«

Almunde war auf ihrem Stuhl in sich zusammengesunken und dachte über die vergangenen Tage nach.

»Machen wir da weiter wo wir waren als Christoph gekommen ist: Nette Leute haben dich nach Kirchhardt gebracht. Du bist vor deiner Wohnung ausgestiegen, und hast dich hoffentlich ordentlich bedankt. Bis hierher stimmt alles.«

»Ja.«

»Dann bist du in deine Wohnung gegangen, hast noch etwas gegessen, und hast dich dann in deinen Kleidern hingelegt und bist eingeschlafen?«

»Nein.«

»Nein?«

»Nein, ich bin nicht ins Haus gegangen. Ich habe mir überlegt, dass ich ja überhaupt nichts zu essen hatte, und war doch so hungrig.«

»Ja und dann, was dann?«

Dann bin ich zu Fritz Lang gegangen, aber er war nicht da. War wohl »auf Tour«. Aber seine Terrassentüre war nicht verriegelt. Da bin ich hinein gegangen und habe in seinem Kühlschrank etwas zu essen gesucht, und dann habe ich mich auf seine Couch gesetzt und bin wohl eingeschlafen.«

Fritz Lang wohnte allein am anderen Ende des Dorfes in einer Einliegerwohnung. Er war ein sehr unsteter Mensch.

»Ja und dann? Erzähle weiter!«

»Es war ein bisschen dunkel, da hat es an der Türe geklopft. Ich war der Meinung, es sei Fritz, war es aber nicht! Es war ein fremder junger Mann. Wir sahen einander an, er hatte erwartet, es sei Fritz, der ihm die Türe öffnete, ich wiederum war der Meinung es sei Fritz, der nach Hause kommt.

Ich fragte ihn: ›Mit wem habe ich die Ehre zu reden? Ich bin Almunde Edeltraut Gundermann.‹ «

Eine solch gepflegte Redeweise war bei Fritz sonst nicht üblich.

»Der junge Mann stand im Regen und war sichtlich vor den Kopf gestoßen und stotterte verlegen:

›Ich – ich - bin Bruno Seidel und möchte zu Fritz.‹

›Er ist nicht hier.‹

›Ich komme anders mal wieder, Tschüss.‹ «

»Und jetzt? Wie ging's weiter?«, bohrte Johann weiter nach.

»Jetzt fiel mir mein ganzes Elend wieder ein und dachte: Jetzt gehe ich zu Hansi! Das bist du! Nur er weiß da noch Rat und kann mir helfen. Und dann kam ich zu dir.«

»Ja, alles Weitere ist dann klar. Aber dann hast du geschlafen von Montag am späten Abend die Nacht bis Dienstag, den ganzen Dienstag, und die Nacht von Dienstag bis Mittwoch, und dann noch bis Mittwochabend, bis es dunkel wurde? Das gibt's doch nicht! Jetzt verstehe ich auch, warum du gestern Abend nicht müde gewesen bist!«

»Ach, noch etwas: Ich musste dort in dem Wald ganz dringend auf Toilette, und dabei habe ich meine Brille abgenommen und aufs Autodach gelegt und vergessen. Wenn du dein Auto wieder hast, müssen wir hinfahren und die Brille suchen. Sie fehlt mir.«

Veränderungen

Immer mehr war es üblich geworden, dass Almunde jeden Nachmittags Punkt 15 Uhr eintraf, um Johann zu helfen. Arbeit gab es genug in Haus und Hof, und unter seiner Aufsicht gab es keine Probleme. Das alles hatte sich im Laufe der Zeit so eingebürgert – es war einfach so.

Johanns eigene Kinder und Enkel hielten sich, wenn sie – was nur selten der Fall war – zu Besuch waren, an ihren Kapriolen nicht weiter auf. Sie fühlte sich nicht unerwünscht, das spürte sie und genoss es.

Auch die Nachbarn hatten sich mit ihrer häufigen Anwesenheit abgefunden. Fehlte sie ein paar Tage, wurde nach ihr gefragt. Die Nachbarskinder kamen mit ihren kleinen Sorgen zu ihr. Almunde hatte immer ein offenes Ohr, war immer gleich ganz bei der Sache, und half ihnen bei der Reparatur ihrer Spielzeuge oder ihrer Fahrräder, gab Tipps bei den Hausaufgaben, half im Winter beim Schneemannbauen, und steuerte dafür sogar noch einen ihrer Hüte bei.

Don´t eat salt !!!
(Bitte achte auch auf die Spülmaschine bzgl. Störfeld)

Aber trotz allem: Ihr Wesen veränderte sich zusehends. Sie wurde aggressiver, vor allem gegenüber anderen Frauen, die um Johann waren: Seine eigene Frau, die Nachbarin oder andere Besucherinnen. Sie ignorierte sie augenfällig.

Ihr Outfit wurde mit der Zeit immer kurioser. Im Sommer trug sie dicke Wollstrümpfe, dafür sah man sie im Winter ohne Strümpfe in Sandalen.

In großen Plastiktaschen und in Körben hatte sie stets ihren ganzen Besitz dabei. Solange sie ein Auto besaß wurde alles im Auto deponiert, später trug sie alle ihre Habseligkeiten ständig mit sich herum: Alle ihre schriftlichen Sachen: Dokumente, Pass, Geldbörse, Tabletten, ... Kleider zum Wechseln, Schuhe, auch unterwegs am Straßenrand eingesammelte Dinge, die vielleicht noch zu etwas zu gebrauchen waren.

Dann ihr Weniges zu essen und zu trinken. Dazu zählte stets Eichenrinde, Brennnesseln, Salbei, Löwenzahn, Tomatenkraut – einfach alle Kräuter und Blätter der Saison. Sehr wichtig: Rosskastanien. Dies alles wurde zu Tee oder als Beimischungen im Müsli, oder auch gleich so, wie es war, »mit Dreck und Speck« gegessen. Nach einigem Wühlen in der Tasche fand sich in der Regel und mit der

Zeit alles was sie suchte. Man brauchte eben etwas Geduld.

Eine Bezahlung für ihre Arbeit bei Johann lehnte sie strikt ab.

Aber dann erzählte sie ihm, dass sie ein paar Tage zuvor einmal ein ganzes Kilo Palminfett gegessen hatte, bei dem das Verfalldatum überschritten und das deshalb billig im Angebot war. Dazu aß sie nur eine Handvoll Haferflocken, weil sie schlicht und einfach großen Hunger hatte und nichts anderes im Haus war.

Ein ganzes Kilo Palminfett war wohl etwas zu viel für ihren zusammengeschrumpften Magen, und sie bekam Durchfall. Deshalb war sie also die vergangenen Tage nicht gekommen. So sah es also aus! Jetzt wollte Johann doch einmal ganz genau wissen, wovon sie überhaupt lebte.

Und da zeigte es sich, dass es mit ihr schlimm bestellt, dass sie am Ende war. Nicht nur mit den Nerven und mit dem Geld fürs Benzin.

Weinend gestand sie Johann schließlich, dass sie einfach nicht mehr wusste, wie es weitergehen sollte.

Von nun an arbeiteten sie zwei Stunden – dann wurde es gegen Herbst sowieso dunkel, und dann war Feierabend, und es gab etwas zu essen.

Johanns Frau kostete es große Überwindung, sie mit am Tisch sitzen zu haben. Sie war ja so unappetitlich schmutzig. Zuerst musste sie ihre Hände waschen, was sie nur unter großem Protest tat. Aber Johann stellte sich zu ihr ans Waschbecken da gab es keine Gnade. Sie hatte ja zu Hause nur aus einem Kanister kaltes Wasser und das nicht viel.

Im Laufe der Zeit besorgte sie sich ihre eigene Handwaschpaste, da die von Familie Jacobs ihrer Meinung nach »verstrahlt« war.

Frau Jacobs bereitete für sie einen separaten Teller mit belegten Broten und sie staunten, was diese Frau essen konnte. Sie war total ausgehungert und unterernährt!

Beim Essen zeigte sich ihre verschüttete Bildung, ihre feine Art, ihr Anstand, ihre Manieren. Als gute Katholikin bekreuzigte sie sich und betete zu Tisch. Sie aß und erzählte. Sie war ein wirklich angenehmer Gast. Sie genoss die Wärme, taute in Jacobs' warmer Küche sichtlich auf, blieb aber nie unnötig lange sitzen - und sie bedankte sich.

Und nun sagte Johann, dass ihm ihre Arbeit etwas wert war und er dafür bezahlen möchte. Sie lehnte es ab. Ihr sei das Zusammensein mit Johann Lohn genug. Aber er sagte:

»Wenn du meinst, dass deine Arbeit nichts taugt, dann können wir sie auch bleiben lassen! Dann brauchst du nicht mehr zu kommen. Du hilfst mir sehr viel, und eine gute Leistung ist ihres Lohnes und ihr Geld wert und muss entsprechend bezahlt werden!«

Dem hatte sie keine Argumente entgegen zu setzen.

Anfangs wehrte sie sich dagegen, aber im Laufe der Zeit nahm sie das Geld gerne an, denn sie brauchte es dringend.

Ängste

Zwei Dinge traten bei Almunde immer grotesker in Erscheinung: Ihr Gesundheitswahn und ihre schreckhafte, panische Angst.

Wie schon erwähnt rückte sie ihren mannigfaltigen, doch meist eingebildeten Krankheiten konzentriert mit allen möglichen Blättern und Kräutern, die sie am Straßenrand einsammelte, zu Leibe. In den Wald ging sie nicht, vor ihm hatte sie Angst.

Ganz wichtig war Eichenrinde. Im Herbst die Schale der Rosskastanie und Tomatenblätter. Dann alle Tabletten, welche sie in Probepackungen kostenlos ergattern konnte. Wenn ihr Magen wieder einmal rebellierte, kam sie zu Johann und verlangte von ihm Magentabletten.

Auch ihn hätte sie liebend gern in ihre Kräuterkuren mit einbezogen, sah sie doch an seinen Augen, Nase und Ohren seine Gebrechen und auf ihrem Styroporbildschirm alles Übrige, was bei ihm nicht in Ordnung war.

Das einzig Gute war, dass sie nie nach dem Erfolg oder Misserfolg ihrer Therapien fragte. So wurde Johann nie dazu gezwungen sie anzulügen.

»Hast du mir nicht ein paar Nägel? Ganz gewöhnliche Nägel. Ich habe großen Eisenmangel, und deshalb stecke ich Nägel in einen Apfel, und einige Tage später enthält der Apfel sehr viel Eisen. Auch du leidest an Eisenmangel, das sehe ich an deinen Augen!«

»Wenn das so ist, schlucke ich gleich die ganzen Nägel das wirkt schneller.«

»Ich habe immer Bauchweh und trinke doch immer Tee aus Eichenrinde, Brennnessel zusammen mit ein wenig fein geschabter Schale der Rosskastanie.«

»Ein Wunder wäre es, wenn du kein Bauchweh hättest!«

Medizin war ihr Lieblingsthema. Immer wälzte sie entsprechende Literatur und kannte die meisten Krankheiten in lateinischer Sprache. Als Johann von seiner Verwandtschaft ausgediente »Rote Listen der Arzneien« mitbrachte, war sie selig.

Laufend versorgte sie ihn mit sehr zweifelhaften Tabletten und Kräutern und mit entsprechender Literatur zu seiner Gesundung. Therapieanweisungen erhielt er auch handschriftlich, in Form von häufig geschriebenen Briefen:

> *... bitte lasse umgehend deiner Gesundheit zur Liebe nach deiner Schädelbasis schauen! Möglicherweise hast du Dir eine mikroskop. feine Verletzung, bei dem damaligen Badezimmer-Sturz, zugezogen,*

die dich noch heute aus dem Gleichgewicht bringt, die Symtome zeigen sich nur ab und zu, da Du eine sgt. Heilkraft, dank Deiner Ernährung hast ...

Dann war da ihr Rauchen. Wahrscheinlich war es noch eine Angewohnheit aus ihrer Bundesbahnzeit. Das konnte sie einfach nicht lassen!

»Du legst doch so großen Wert auf deine Gesundheit, und dann immer diese Raucherei!«

Darüber gab es zwischen den beiden immer wieder den größten Streit. Sie drehte mangels Geld ihre Zigaretten selbst aus einem fürchterlichen, stinkenden Kraut. Johann hatte ihr verboten bei ihm in Haus und Hof zu rauchen und ihr geboten, eine Stunde vor Ankunft bei ihm nicht mehr zu rauchen. Er konnte den Gestank in seinem Büro nicht ertragen und musste nach ihrem Besuch immer eine Stunde lüften.

»Ich lasse mir von dir das Rauchen nicht verbieten!«

»Dann verschwinde!«

Sie stampfte mit dem Absatz auf den Boden und verschwand.

Am anderen Morgen lag ein Brieflein, mit vielen roten Herzen bemalt, im Briefkasten. Ein Bibelspruch und ein paar Nettigkeiten sollten alles wieder ins Lot bringen. Zu einer Entschuldigung konnte sie sich nicht durchringen, dazu war sie zu stolz.

Zu solchen Auseinandersetzungen kam es immer wieder. Aber auch wenn sie noch so böse wurde: Johann hatte nie das Gefühl, dass sie ausrasten und gegen ihn aggressiv werden könnte. Er hatte nie Angst vor ihr.

Umso mehr Ängste nahmen dafür von Almunde Besitz.

Almunde fürchtete sich immer mehr vor bestimmten Leuten und vor unbestimmbaren Wesen, welche mit überirdischen Kräften –

»mit Strahlen!« – ihr ganzes Dasein manipulierten; die sie beobachteten, bestahlen; ihre Post, die sie bekam und abschickte, lasen und veränderten; ihr Essen umwandelten, vergifteten. Sie traute niemandem und nichts mehr. Deshalb trug sie all ihre Habseligkeiten stets bei sich, und bemerkte gleich wenn sich jemand daran zu schaffen machte.

Aus einem späteren Schreiben:

> *Vorsicht. Die Post mir gegenüber hat offenbar eine Funk-Anlage. Wer weiß was sie treibt + mit wem sie Kontakte hat ? ?*
>
> *Lieber Hansi!*
>
> *Bald hätt´ich es vergessen:*
>
> *Zur Zeit kann ich meine Wohnung nur noch über´s vordere Fenster, wenn´s dunkel ist verlassen.*
>
> *Begründung: Immer wieder werden Gegenstände, bzw. Lebensmittel ausgetauscht, wenn ich beim Einkaufen in der Stadt war, bei den Kleidungsstücken ist es dasselbe!*

Und es wurde noch schlimmer.

Anfangs war alles, was sie sprach oder tat, einigermaßen zu verstehen und erklärbar, nachvollziehbar gewesen. Das war im Laufe der Zeit ganz anders geworden.

Almunde hatte Angst. Eine große, bedrohliche, unbestimmte Angst! Manches Mal wenn sie bei ihrer jetzt immer seltener ausgeübten gemeinsamen Arbeit zu ihrer Pause zusammensaßen, nahm Johann ihre Hand in seine Hände und er spürte ein leises Zittern. Es war nicht mehr zum Lachen.

Hatte sich ihre wundersame Welt, in der sie so glücklich zu leben meinte, und welche Johann nie verstand, nun auch zum Bösen gewandelt?

Es war nicht mehr die fröhliche Almunde, die jeder Situation etwas Gutes abgewinnen konnte. Sie war so schreckhaft geworden, schrie bei ihrer Arbeit plötzlich laut auf und schimpfte auf Leute aus dem Dorf, die sie angeblich belästigten, über junge Leute, die ihr die ganze Nacht hindurch an das Fenster klopften, und immer mehr auch über fremde Leute oder »Gangster« und »Vampire«, die sie mit Strahlen belästigten, sich bei ihr im Zimmer herumtrieben, und all ihr Tun genauestens beobachteten.

Die drei freundlichen Männlein zeigten sich nicht mehr. Hatten sie sich etwa auch zerstritten?

Winter

Es wurde Winter. Es wurde kalt. Sehr kalt! Mit Almundes bisherigen Lebensstil klappte es nicht mehr.

Der öffentliche Brunnen, aus dem sie ihr Wasser geholt hatte, wurde winterfest gemacht, das heißt, er wurde abgestellt. Mit zwei Kanistern kam Almunde zu Johann gefahren um Wasser zu holen. Das Waschen jeglicher Art sparte sie sich weitgehend, und zum Kochen reichten ihr 20 Liter Wasser sehr lange. Aber da war noch das Problem mit der Kälte.

Johann war Mitglied bei einem Heimatverein, welcher auch ein Heimatmuseum betrieb. Dort stand ein alter Küchenherd mit Holzfeuerung unnütz im Weg herum. Er ließ den Herd in ihre Wohnung bringen und dort aufstellen. Das Ofenrohr wollte sie selbst anpassen, dazu waren aber ihre handwerklichen Fähigkeiten doch nicht ausreichend. So überredete Johann einen seiner Automechaniker, es ihr zu montieren. Er selbst betrat ihre Wohnung prinzipiell nicht, um den Gerede im Dorf nicht noch weiter Nahrung zu geben.

Als Johann nachher den Monteur fragte, wie es denn bei ihr in der Wohnung so aussehe, meinte der nur: »Hast du schon einmal in eine volle ›Gelbe Tonne‹ geschaut?«

Es war unglaublich, auf welche Ideen sie kam, und wie sie versuchte diese umzusetzen, um sich alleine durchzuschlagen.

Ein verrücktes Beispiel: Weil sie eiskalte Füße hatte, grub sie in einen Styroporblock eine Kuhle, machte mit Hilfe mehrerer Kerzen warmes Wasser und goss es in die Kuhle. Dann steckte sie die Füße hinein und wartete auf ein Ergebnis.

Johann schmunzelte in sich hinein, wenn sie ihm ganz treuherzig über Erfolge, aber auch ihre Misserfolge berichtete, und bei einem Misserfolg die Umstände genau aufzeigte, die ihrer Meinung nach daran schuld waren, dass es zu keinem Erfolg reichte.

Ihr Zustand wurde immer kritischer, aber ihr Stolz blieb erhalten und ließ es nicht zu, sich helfen zu lassen, zu jammern oder zu klagen.

Einen kleinen Küchenherd, sogar mit einem Ofenrohr, hatte sie jetzt. Aber dazu brauchte man Heizmaterial, und bei fast -20 Grad Außentemperatur genügten die Werbezeitungen, die sie vom Einkaufen mit nach Hause brachte, nicht, und auch die große Menge an ausgedienten Holzkisten, welche ihr ein freundlicher Nachbar vor die Türe kippte, hatten auch nicht den großen Heizwert. Der Nachbar leitete einen Supermarkt, und konnte so seine Kisten entsorgen, und nebenbei noch etwas Gutes tun, vielleicht auch für sein Gewissen.

Jedoch: Almunde hatte viel Arbeit damit, aber nach Ansicht der Leute hatte sie ja sowieso nichts zu tun. Die hatte doch Zeit. Aber so konnte es einfach nicht weiter gehen.

Johann erreichte, dass sie von der Stadtverwaltung einen Gutschein für zweimal einen Kubikmeter Brennholz, fertig geschnitten und gespalten – ofenfertig – bekam. Der Lieferant kippte ihr das trockene Holz vor die Haustüre und verschwand. Regen war angesagt, und so erbarmte sich Johann und half ihr beim Aufstapeln des Holzes unter ihrem wackligen Vorbau vor der Haustüre.

Sie trug das Holz in Körben herbei und er stapelte es ordnungsgemäß auf, und die lieben

Dorfbewohner hatten was zu gucken und zu tratschen.

Jetzt konnte sie endlich ordentlich einheizen und schwärmte ganz überschwänglich von ihrer warmen Stube.

Vom Aldi-Supermarkt durfte sie manchmal unverkaufte, gut erhaltene Gemüsereste mitnehmen. Darüber war sie sehr glücklich und gab immer Johann davon ab. Bei ihm landete das Allermeiste aber gleich in der Mülltonne.

Es wurde ein sehr kalter Winter, und Almunde fror! Sie war rot und blau gefroren. Ganz gebeugt kam sie gekrochen. Johann sagte: »Almunde du bist krank! Geh zum Arzt!«

»Beim Arzt muss ich vorneweg zehn Euro bezahlen, die habe ich nicht!«

»Almunde! Unsere Freundschaft wird doch zehn Euro wert sein! Hier hast du zwanzig Euro! Für die Apotheke brauchst du bestimmt ebenfalls zehn Euro.«

Johann bot ihr an, ohne lange zu fragen, in seinen Heizraum zu kommen um sich dort aufzuwärmen. Er ließ den separaten Zugang stets offen, damit sie jederzeit Zugang hatte.

War leider in den letzten Tagen genötigt, meine Bude zu filzen …
- *Schlösser + Scharniere + Schrauben. = Türfutter oben abdichten*
- *Fensterkreuze + Scharniere gegen Reizstrom absichern*

Auch der Dorfpfarrer, der sehr wohl Einblick in Almundes Verhältnisse und ihre Zustände in ihrem Vorplatz hatte, zeigte Erbarmen und spendete ihr die knorrigen Äste eines umgefallenen Apfelbaumes, allerdings nicht ofengerecht zugeschnitten, und so ergänzten diese, bis sie auszog, das totale Durcheinander vor ihrer Haustüre auf das Trefflichste.

Doch wen im Dorf kümmerte das alles? Johann wohnte ja weit außerhalb des Dorfes, und bekam in der Regel nicht zu sehen, was sich im Dorf, was sich bei Almunde alles abspielte.

Als Johann bei ihren nächsten, sich immer ach so frommen Nachbarn anrief, ob Almunde überhaupt noch zu sehen war, oder ob sie vielleicht schon erfroren in ihrer Wohnung lag, fühlten sich diese Leute nicht dafür zuständig. Die war nicht von hier, mit einer solch fragwürdigen Person wollte man nichts zu tun haben, das ging sie schlicht und einfach nichts an. Man könnte ja ins Gerede kommen. Und katholisch war sie außerdem.

Da war doch die Geschichte aus der Bibel, wie nacheinander zwei fromme Männer einen am Wege liegenden, zusammengeschlagenen Mann übersahen, weil sie zu sehr in ihre eigenen Gedanken versunken, sich mit ihren eigenen, so wichtigen Problemen beschäftigten. Sie taten zumindest so, um sich zu rechtfertigen. Zum Glück kam noch ein anderer, nicht ganz so frommer Mann vorbei, und sah den Hilflosen liegen und kümmerte sich um ihn.

Es hat sich offensichtlich seitdem nichts geändert – es ist heute kein bisschen anders als zur Zeit Jesu. Doch: Nichts Böses zu tun bedeutet eben noch lange nicht, etwas Gutes getan zu haben.

Der Betreuer

Johann wurde immer wieder und immer energischer auf dem Sozialamt seiner Stadt vorstellig.

»Was haben sie mit dieser Frau zu tun? Sie haben keinerlei verwandtschaftliches Verhältnis zu ihr, somit geht sie das nichts an! Solange sie niemand belästigt oder gar angreift, und solange sie sich selbst einigermaßen ordentlich versorgen kann, können wir nicht eingreifen.«, hieß es da nur.

Ob sie das aber noch konnte, daran hatte Johann so langsam große Zweifel!

Aber hatten die Leute nicht Recht? So manches Mal fragte er sich, warum diese Frau gerade zu ihm kam? Was hielt ihn davon ab sie einfach wegzuschicken?

Aus einem ganz bestimmten Grund kam Johann relativ oft mit Leuten mit den verschiedensten Behinderungen – körperlich, geistig oder psychisch – in Berührung. Daher war die Schwelle zur Kontaktaufnahme mit behinderten Menschen für ihn sehr niedrig. Anderen Leuten kostete diese oft große Überwindung.

Sah er bei irgend welchen Zusammenkünften, Familienfeiern, Dorffesten usw. jemanden, der alleine da saß, ausgegrenzt war, setze er sich sehr gerne zu ihm und versuchte mit ihm ein Gespräch in Gang zu bringen.

Für ihn war dies oft ein großes Erlebnis. Das ist nicht übertrieben! Wenn sich z. B. ein geistig Behinderter langsam öffnet und anfängt über seine Arbeit, seine Hobbys, seine heimlichen, kleinen Wünsche, seine Mitmenschen zu reflektieren, bekommt man Einblicke in andere Welten, und hat dazu meistens noch für lange Zeit einen sehr zuverlässigen Freund gewonnen.

Johann hatte schon immer eine Schwäche für ungewöhnliche Leute und Mysterien. Doch man braucht oft sehr viel Geduld dazu.

Aber zurück zu Almunde: Gut, sie war ihm nicht unsympathisch, es war eine interessante Frau, und ihre Mitarbeit auf seinem ausgedehnten Gelände war ihm, zumindest am Anfang, eine große Hilfe gewesen. Aber damit hatte es sich. Das musste sein, oder auch nicht.

Mit der Zeit reizte ihn die ganze Entwicklung Almundes. Er machte schon bald Notizen.

Ihr völlig anderes Empfinden und Denken war wohl der hauptsächliche Antrieb. Johann ließ sie ihre Gedanken ausdenken und widersprach ihr nicht. Sie sah eben die Männchen, er sah sie nicht.

Aber das war nicht alles. Ihm lag bestimmt nichts daran, Edles zu tun. Und trotzdem: So selbstlos war es gar nicht! Das Gefühl, das absolute Vertrauen eines Menschen zu besitzen, ist etwas Wunderbares, Großartiges! Es war für Johann Belohnung genug. Mehr als genug! Er spürte: Es kam viel mehr zurück als er gab. Sie wusste es zu schätzen was er an ihr tat. Sie war dankbar. Ihre Schwäche auf irgendeine Art auszunützen wäre ihm unmöglich gewesen.

Die Situation war ihm schlicht und einfach vor die Füße gelegt worden. Almunde brauchte ihn. Und Problemen auszuweichen war nicht seine Sache. Sie tat ihm leid. Sie durfte seinetwegen nicht verzweifeln! Ohne seine Hilfe wäre wahrscheinlich eine ganze Welt in ihr zusammengebrochen.

Einige Zeit später tat sie es doch.

Johann wurde bei ihrem Arzt und beim katholischen Pfarrer vorstellig, und so kam es dann doch zu einem Treffen mit dem überregionalen zuständigen Amt.

Das Treffen fand bei Johann zu Hause, in seinem Büro statt. Almunde sollte ihre sämtlichen Unterlagen mitbringen. Sie bestand darauf, dass Johann mit dabei war.

Nun musste sie ihre ganzen Verhältnisse – vor allem ihre finanziellen Verhältnisse – ausbreiten und offenlegen.

Und da sah es trostlos aus: An Lykos Häuschen, von dem sie sich einen Teil des Verkaufswertes erhoffte, hatte sie keinen Anspruch.

Sie war geschieden und ihr Gatte hatte ihr gegenüber keinerlei Verpflichtungen mehr.

»Sonstige Wertgegenstände?«

»Nichts.«

»Sie haben doch ein Auto, das ist doch wenigstens 500 Euro wert?«

Johann sagte nur: »Quatsch! 500 Euro kostet das Verschrotten! Also minus 500 Euro!«

Fünf Sparbücher lagen vor ihr.

»Da sind seit fünf Jahren keine Zinsen nachgetragen!«

Sämtliche Beträge zusammen ergaben 5,78 Euro.

Johann meinte: »Wenn sie dazu nach Sigmaringen fahren muss, sind die Benzinkosten um Vielfaches höher, als der Ertrag!«

»Das stimmt auch wieder. Sonstige Einkünfte?«

Almunde zog ihre Achseln in die Höhe.

»Ja, wie leben sie eigentlich?«

»Mein Vater hat mich gelehrt, sparsam und wirtschaftlich Haus zu halten, daran habe ich mich immer gehalten, ich kann mit wenig leben.«

»Auch das Sparen hat eine Grenze.«

Einige Daten fehlten, wenn sie diese beschafft hatte, sollte sie sich mit dem Betreuer noch einmal treffen, damit die Sache abgeschlossen werden konnte.

Almunde hatte die entsprechenden Unterlagen schnell beschafft und sollte nun damit in einem Seniorentreffpunkt mit dem Betreuer zusammenkommen. Aber Almunde ging nicht hin.

Da wurde Johann energisch und sagte, dass er sie nicht mehr sehen wolle. Darauf ließ sie es dann doch nicht ankommen und fuhr zum Treffen. Sie bestand aber auch jetzt darauf, dass Johann mit dabei war.

Sie saßen in dem kleinen Lokal zusammen in einer Nische, die Formulare waren schnell ergänzt, der Mann erklärte ihr, dass sie weiterhin in ihrer Wohnung bleiben könne, dass alle zwei Wochen jemand bei ihr vorbeikäme, um nach dem Rechten zu sehen. Er schob das Schriftstück Almunde zu und bat sie, zu unterschreiben.

Doch Almunde stieß das Schriftstück von sich und sagte ganz hämisch: »Ich unterschreibe nicht! Ich brauche euch nicht! Ich habe Arbeit! Ich beginne am Montag auf einem Bauernhof in Marbach bei Reutlingen zu arbeiten.«

Der Betreuer und Johann schauten einander an und Johann sagte zu ihr: »Ich bringe dich jetzt nach Hause, du hast mich nicht mehr nötig und ich will dich nie wieder sehen.«

Der Betreuer sagte: »Frau Gundermann, bevor wir Ihre Todesanzeige in der Zeitung lesen müssen, versuchen Sie es bitte noch einmal bei Herrn Jacobs!«

Johann erfuhr kurze Zeit später von ihr selbst, dass sie nur drei Tagen nach Marbach gefahren war, und dass man dort schnell einsah, dass sie nicht ganz den Vorstellungen einer Helferin auf einem Bauernhof entsprach.

Schluss mit Autofahren

Während ihrer Ehe übernahm Almunde in unregelmäßigen Abständen, Kurierfahrten für eine Firma in Wendorf, welche Kleinteile – hauptsächlich für die Autoindustrie – herstellte. Auch hier war sie in ganz Deutschland sowie in Holland und Belgien unterwegs. Sehr oft musste sie zu Audi nach Ingolstadt.

Bei ihrem Temperament, und bei den oft sehr langen Fahrten, lässt es sich leicht vorstellen, dass sie einen ziemlich rasanten, vielleicht auch einen etwas aggressiven Fahrstil pflegte.

Mit diesem Fahrstil war sie immer noch behaftet, aber jetzt drifteten Fahrzeug, Kopf, Kupplung, Hände, Bremse und Füße ab und zu weit auseinander. Das war an den diversen Beulen am Blechkleid ihres Autos gut zu erkennen. Eigentlich hätte ihr die Fahrerlaubnis längst entzogen werden müssen.

»Sieh mal, so exakt parke ich mein Auto, zwei Zentimeter Abstand zur Wand! Rückwärts!«

»Aber deine Stoßstange ist am Wegfallen, da bist du sicher einmal wesentlich näher gegen die Mauer gefahren.«

Früher oder später musste es ja so weit kommen: Eines Vormittags kann sie wieder einmal ganz außer sich zu Fuß bei Johann an.

»Was ist jetzt wieder los?«

»Ich habe gestern Abend zwei junge Männer nach Tannenberg gebracht. Auf dem Rückweg im Wald war es spiegelglatt, und ich bin in den Straßengraben gerutscht. Es war ein Uhr in der Nacht, niemand kam, und ich musste zu Fuß durch den dunklen Greutwald nach Hause. Du musst mir helfen mein Auto wieder flott zu machen!«

Sie gingen und schauten sich die Sache an. Genau an der Kreisgrenze Reutlingen-Biberach lag das Fahrzeug auf seiner linken Seite in einem sehr tiefen Graben. Es war die Kreisgrenze.

»Almunde, wie bist du da eigentlich aus deinem Auto herausgekommen? Ich kann hier mit meinem kleinen Auto nicht helfen, das brauchen wir erst gar nicht probieren. Wir müssen warten, bis heute Abend die Mechaniker da sind, sie haben schwerere Fahrzeuge, mit denen kann man es vielleicht schaffen!«

Aber die Mechaniker lehnten jede Hilfe kategorisch ab: »Almunde hat so viele Schulden bei uns angehäuft, ihre Winterreifen sind noch nicht bezahlt, einmal ist Schluss, aus, fertig, basta!«

Das Auto lag mehrere Tage im Graben, und niemand kümmerte sich darum. Die Polizei aus Reutlingen schob es ihren Kollegen in Biberach zu und umgekehrt genauso. Keiner wollte etwas damit zu tun haben.

Drei Tage später kam abends bei den Mechanikern zufällig ein alter Kumpel mit einem riesigen Geländewagen vorbei, genau das richtige Fahrzeug zur Bergung von Almundes Auto. Er war Fernfahrer und Johann wusste: Fernfahrer helfen! Er wurde also noch einmal vorstellig.

Ja, das war für den Brummifahrer einmal etwas anderes, eine lustige Abwechslung! Johann holte Almunde, und sie fuhren zur Unfallstelle. Einer kroch ins Fahrzeug ans Steuer, und mit einigem »Hau-Ruck!« und »Hallo!« stand Almundes Auto wieder auf der Straße!

Der Außenspiegel auf der Fahrerseite hing nur noch an einigen Drähten und Kabeln, auf die weiteren Schrammen an der Türe kam es bei dieser alten Kiste wirklich nicht an.

Almunde wollte sich sofort ans Steuer setzen und nach Hause fahren. Aber Johann ließ das nicht zu. Sie war viel zu aufgeregt und war im Stande, nach 100 Metern schon wieder im Straßengraben zu landen!

Da der Außenspiegel immer hin und her klapperte steckte sie ihn kurzerhand in einen orangegelben Zwiebelsack und band diesen irgendwo an der Karosse fest. So fuhr sie wochenlang durch die Gegend und niemand nahm Anstand daran. Es war ja Almunde!

Aber, trotz allem, die Zeit ihres Autos und die Zeit ihres Autofahrens war endgültig abgelaufen. Der TÜV für ihr Auto war demnächst fällig, die Kosten für Steuer und Versicherung konnte sie nicht mehr aufbringen, und die dringenden Reparaturen, die anstanden konnte sie sowieso nicht bezahlen. Ihr geliebtes Auto war nur noch Schrott!

Liebe Erinnerungen an Wolfgang kamen ihr in den Sinn. Zwar legte sie sich nochmals ein Auto, dann einen Motorroller zu, konnte aber beide nicht mehr zum Fahren bringen.

Auf Schusters Rappen

Ohne Auto! Das war ein großer Einschnitt für jemanden, der sein Lebtag immer unabhängig von allen gewesen war.

Für Almunde, die immer selbständig mit der Bahn oder mit dem eigenen Auto in ganz Deutschland unterwegs gewesen war, war das geradezu ein neuer Lebensabschnitt! Jetzt war sie auf andere Fortbewegungsmittel angewiesen: Auf den Bus, per Anhalter, oder eben zu Fuß.

Dabei fühlte sie sich ungeschützt, unsicher. Sie hatte nichts mehr um sich herum, war wie ein Igel ohne sein Stachelkleid oder eine Schildkröte ohne ihren Panzer. Sie »witterte« nach allen Seiten, wie ein gehetztes Wild, war überall und nirgends.

Almunde hatte nur noch Angst, immerzu eine große unbestimmte, schreckhafte Angst. Sie fühlte sich verfolgt von bösen Menschen und von imaginären Wesen. Sie litt zunehmend unter Verfolgungswahn.

Ihre Haustüre verrammelte sie mit einer Leiter und einem Besenstiel. Als Johann einmal nachsehen wollte und an ihr Fenster klopfte, stieß sie einen gellenden Angstschrei aus, und als sie ihn erkannte, kam sie über die Fensterbrüstung ins Freie gestiegen. Dass dies auch der Zugang für ihre mannigfaltigen Verfolger sein könnte, daran dachte sie nicht.

»Almunde hast du Hunger.«

»Ja, sehr.«

»Ich habe etwas zu essen für dich im Auto, belegte Brote, wie du sie so gerne magst.«

»Wo hast du die Brötchen her?«

»Das weiß ich nicht, aus dem Laden, in dem sie meine Frau immer kauft.«

»Die sind bestrahlt, die esse ich nicht!«

»Apfelsaft?«

»Nein«

»Was dann?"

Achselzucken.

Morgens in aller Frühe und abends bis Mitternacht bemerkten die Jacobs, dass Almunde sich um ihr Haus schlich, natürlich immer mit ihren ganzen Taschen, mit ihrem ganzen Hab und Gut.

Immer öfter lagen Briefe im Briefkasten: Verschlüsselt, in Englisch oder in Spiegelschrift verfasst, oder mit wild zusammengesetzten Wörtern, die keinen Sinn ergaben.

Johann vermutete sie suchte in seiner Nähe eine Atmosphäre, in der sie sich sicher fühlte, wo sie sich Schutz vor allem Bösen erhoffte, wo sie gegen alle bösen Mächte gefeit war.

Eines Morgens, in aller Herrgottsfrühe, stand sie mit sämtlichen Taschen bepackt vor Johanns Haustür und zog aus einer der Taschen eine ausgebaute Lichtsteckdose. Diese hatte sie »mit vier anderen zusammen« in der Nacht um drei Uhr bei Kerzenlicht aus der

Wand geschraubt, weil in jede Steckdose ein Gerät eingebaut war, mit dem man sie beobachten konnte, und in jeder davon saß jemand, der ihr beim Ausziehen zusehen konnte. »Mir als Frau!«, sagte sie ganz entrüstet.

»Du zündest noch das Haus an!«, befürchtete Johann.

Zum Glück war ja ihre ganze Wohnung ohne Strom – so konnte wenigstens damit nichts passieren.

Die Situation wurde langsam dramatisch, wirklich unheimlich! Johann spürte: Sie war jetzt sehr viel in ihrer anderen Welt. Sie redeten an einander vorbei. Sie verstanden einander nicht mehr. Sie war immer in Panik. Es machte keinen Sinn mehr mit ihr zu reden.

Johann machte sich Gedanken: Hatte er etwas falsch gemacht? Hätte mit ärztlicher Hilfe, für die er sich allerdings nie zuständig fühlte, diese Entwicklung verzögert oder gar aufgehalten werden können?

Er kannte noch eine weitere Person, welche sich oft ähnlich verhielt, und die Johann dazu veranlasste, Vergleiche zu ziehen und über Almundes Werdegang nachzudenken. Auch sie hatte ein Benehmen, welches des Öfteren sehr aus der Rolle fiel.

Chrystelle

Johann hatte Chrystelle über den Heimatpflegeverein im Nachbarstädtchen kennengelernt. Chrystelle stammte aus Belgien, lebte nun aber in eben jenem Städtchen, und war dort mit einem Gymnasiallehrer verheiratet. Sie hatte immer noch Freunde und Bekannte in ihrer früheren Heimat, die sie in unregelmäßigen Abständen besuchte.

Chrystelle war streng katholisch erzogen worden und bezeichnete sich selbst als gute, gläubige Katholikin. Sie sprach perfekt

Deutsch, jedoch mit starkem französischem Akzent – vielleicht mit Absicht.

Einmal hatte sie Johann folgende seltsame Begebenheit erzählt:

Vor fast zwanzig Jahren war Chrystelle für mehrere Tage zu Freunden in Belgien eingeladen. Bei den Gastgebern handelte es sich um eine Familie mit vier Kindern. Sie wohnten in einem älteren Haus, das einmal ziemlich großzügig gebaut worden war. Die Familie lebte schon seit etwa zwei Jahrzehnten in diesem Haus.

Ihr wurde dort ein Zimmer zugewiesen, in dem sie während ihres Besuchs wohnen und schlafen konnte.

Als sie am Abend im Bett lag, schien ihr, als wäre noch jemand mit ihr im Zimmer. Sie konnte nichts finden und kam zu dem Schluss, dass es wohl ein Geist sein musste. Als gute Katholikin betete sie und dachte: Wenn es ein guter Geist ist werde ich schlafen können, wenn nicht, werde ich weitersehen ...

Sie schlief die ganze Nacht gut und fest durch.

Am andern Morgen spürte sie, dass sie von der Gastgeberfamilie neugierig beobachtet wurde. Sie tat jedoch so, als bemerkte sie es nicht.

Am nächsten und übernächsten Abend geschah dasselbe. Sie konnte aber nach ihren Gebeten jedes Mal gut einschlafen.

Am dritten Morgen wurde sie von ihrer Freundin und deren beiden Töchtern ganz ungeduldig erwartet und gefragt, wie sie in ihrem Zimmer zurechtkäme.

Sie sagte: »Gut, warum?«

Chrystelle merkte, dass sie etwas von ihr wissen und hören wollten. Darauf schilderte sie ihnen ihre Erlebnisse, die sie jeden Abend gehabt hatte. Die Freunde wunder-

ten sich, dass sie so lange, so wacker durchgehalten hatte und erzählten, dass die beiden Töchter, die eine 14, die andere 15 Jahre alt, schon versucht hatten, in diesem Zimmer zu nächtigen. Aber jeden Abend und die ganze Nacht durch war eine Frau im weißen Kleid im Zimmer erschienen und ließ sich nicht vertreiben. Daraufhin mieden alle dieses Zimmer. Es blieb fortan unbewohnt.

Im Jahr darauf war Chrystelle, diesmal zusammen mit ihrem zwölfjährigen Sohn Simon, wieder dort zu Gast. Sie sollten zusammen in dem besagten Zimmer schlafen. Chrystelle erzählte ihrem Sohn nichts von ihren früheren Erlebnissen und war gespannt, was sich tun würde.

Sie lagen kaum in ihren Betten und hatten das Licht ausgemacht, da sagte Simon: »Mama, da ist jemand im Zimmer!«

Nachdem sie ihn beruhigt und mit ihm zusammen ein Gebet gesprochen hatte, schliefen beide ein und schliefen durch, bis zum andern Morgen.

Die Freunde hatten seit ihrem letzten Besuch nichts unternommen. Sie hatten sich mit der mysteriösen Angelegenheit abgefunden.

Chrystelle konnte sich nicht damit abfinden!

Sie ging, zusammen mit den Freunden, zu einem bekannten Exorzisten, der in der Nähe wohnte. Er war ein ehemaliger Priester mit einer besonderen Begabung für den Umgang mit übernatürlichen Dingen.

Dieser bestätigte ihnen, dass es solche Dinge gäbe! Er sagte sogar, er selbst habe etwa denselben Status wie solch ein Geist.

Und er ging der Sache nach.

Zunächst machte er die Vorbesitzer und Erbauer des Hauses, welche weit weg in die Ardennen gezogen waren, ausfindig.

Er erkundigte sich über die Umstände beim Bau des Hauses und fragte, ob dabei jemand gestorben sei. Da erfuhr er, dass in das Haus ein Zimmer auf Kosten einer Tante mit eingebaut wurde. Diese starb vor dem Einzug ins neue Haus, kam aber immer wieder als Geist in ihr Zimmer zurück. Als der Spuk nicht aufhören wollte, verkaufte die Familie das Haus und zog weg.

Jetzt hielt es der Geisterbanner für notwendig, einmal selbst in dem Raum zu übernachten. Zuvor hatte er diesen mit Weihwasser besprengt und darin gebetet. Er redete mit dem Geist und stellte ihm in der folgenden Nacht – das hatte der Geist ausdrücklich verlangt – alle Mitglieder der Familie einzeln vor. Es war ihnen zwar recht unwohl dabei zumute, aber irgendetwas besonders Aufregendes geschah während der ganzen Zeremonie nicht.

Die weiße Mitbewohnerin hat sich seither nie mehr gezeigt oder bemerkbar gemacht, und so leben Chrystelles Freunde heute ohne alle Angst in ihrem Haus.

Diese Geschichte hatte sich Johann einst aufgeschrieben, und wollte sie jetzt Almunde vorlesen und beobachten, wie sie darauf reagierte.

Sie saß ihm an seinem Schreibtisch gegenüber und blickte, als er anfing zu lesen, weit weg in die Ferne, ins Unendliche, war geistesabwesend. Sie sprach die ganze Zeit kein Wort, nur ihre Hände bewegte sie die ganze Zeit mit einer unwahrscheinlichen Intensivität, ganz verrenkt, verkrampft. Ihre ganze aufgewühlte Seele kam über ihre Hände zum Ausdruck. Sie war sichtbar in ihrer anderen Welt. Und das mit absoluter Konzentration.

Und Johann hatte das Gefühl, ein leises Ahnen: Mit dieser Geschichte, welche er absolut nicht nachvollziehen konnte, war er unwillkürlich, in ihre Welt eingedrungen. Trafen sie sich dieses Mal auf einer anderen Ebene, auf ihrer Ebene? Und wollte sie ihn überhaupt mit dabei haben? Wehrte sie sich dagegen.

Aber nein! Johann war nicht in ihre Zerrissenheit, in ihr Aufgewühltsein eingedrungen. Das geht nicht! Das ist unmöglich! Ihre Empfindungen hatten keine Gemeinsamkeiten, waren völlig unterschiedlich. Dort gab es keine, oder eine andere Sprache, welche Johann nicht verstand, ja nicht einmal hörte.

Bei ihm war es ganz still geblieben!

Und sie? Sie könnte ihre Empfindungen, die sie in dieser anderen Welt erlebte bestimmt nicht beschreiben, nicht in Worte fassen. Diese gab es nicht. Vielleicht wäre es ihr möglich dasselbe mit Musik auszudrücken, oder eben mit den Händen.

Mit den Händen ganz wild die Tasten einer Orgel zu traktieren, mit sämtlichen gezogenen Registern, dass die Töne schreien würden: Könnte dies vielleicht ihre total zerrissene Stimmung wiedergeben?

Aber welches war nun überhaupt die reale, die wirklich richtige Welt, die eine, oder die andere? War ein Mensch überhaupt im Stande dies zu beurteilen?

Als Johann geendet hatte, saß sie eine ganze Weile in sich versunken und still da.

»Almunde, was ist los?«

»Warum?«

»Die Geschichte, ist sie nicht ein wenig ungewöhnlich? Die weiße Frau … Der Exorzist …«

Almunde war ganz ruhig. Vielleicht erschöpft?

»Ach so! Nein, was soll daran ungewöhnlich sein? Weißt du, die Welt ist wie meine Hände: Einmal ist die rechte, einmal die linke Hand vorn. Einmal siehst du die Handfläche einmal den Handrücken.

Sie zeigte es ihm mit ihren Händen.

»Wenn das eine vorn ist, ist das andere dadurch verdeckt. Du siehst nicht was dahinter passiert. Ist doch klar, es ist trotzdem da, oder nicht?«

»Nein, aber was passiert denn überhaupt?«

Johann konnte ihr in diese Welt nicht folgen.

Und was sagte Chrystelle selbst zu dieser Geschichte?

Sie war der Meinung, dass sie verschiedene Dinge sehen könne, die andere nicht sahen, spürten oder bemerkten. So erklärte sie sich auch, dass es Leute wie etwa sie selbst gibt, welche durch die Augen hindurch manches sehen können, was anderen verborgen blieb.

Sie spürt, wenn sie ein Zimmer betritt sofort, dass sich darin die Eheleute kurz zuvor gestritten haben. Sie kann Krankheiten erkennen. Genau wie Almunde.

Die weiße Frau hatte sie genau gesehen, kann sie aber nicht beschreiben. Es gibt keine

Worte, keine Sprache dafür. Es ist wie eine Verdichtung der Dunkelheit, die sich soweit verdichtet, bis sie helle oder dunkle Formen annimmt. Es muss nicht unbedingt eine Gestalt wie zum Beispiel eine Frau sein. Lichte weiße Gestalten sind gute Geister, dunkle, schwarze sind böse Geister, sie sind gefährlich. Vor solchen hat sie Angst, hat aber noch keine erlebt. Eine Freundin hatte Berührung damit gehabt. Sie selbst hat nur vor etwas Angst, das sie nicht kennt. Und: Man darf nicht alles sagen, was man erlebt, sonst geht etwas davon für immer verloren!

Waren es bei Almunde anfangs auch helle, weiße und waren es jetzt dunkle, schwarze Gestalten, vor welchen sie große Angst hatte?

Und umgekehrt: Konnte es Chrystelle im Laufe der Zeit auch so ergehen? Wenn Johann sie so beobachte, konnte er es sich vorstellen, dass sie auf demselben Weg war.

Gemeinsame Ausflüge

Es gab bei Almunde durchaus noch lichte Momente, und Johann überlegte, wie er sie auf andere Gedanken bringen könnte.

> MEINE BRILLENBÜGEL SIND BEFUNKT GEWESEN
> UND SCHULD DARAN WAREN WIDERLICHE BESEN
> DOCH DARAN DENK ICH NET ZURÜCK
> DIE HAUPTSACH IST ICH BIN BEI DIR IM GLÜCK

Nachdem nun, ohne Auto, ihr Aktionsradius sehr eingeschränkt war, nahm er sie, wenn es sich gerade anbot im Auto mit, damit sie wieder einmal etwas Anderes zu sehen bekam.

Aber das ging manchmal etwas daneben.

Er nahm sie regelmäßig zum Getränke holen mit in den Nachbarort.

Er nahm sie mit nach Michelau, wo er wegen einer Brückenrestauration zu beraten hatte. Almunde mischte sich sogleich mit in das Gespräch ein. Es war nicht möglich mit den Leuten dort zu einem vernünftigen Ergebnis kommen. Erst als er sie energisch zurecht wies, gab sie endlich Ruhe.

Auf dem Heimweg zog sie ein zerflettertes Liederbuch, welches sie beim »Schneider« auf dem Dachboden gefunden hatte, aus einer ihrer Taschen – diese waren auch jetzt mit dabei – und fing an ein Lied nach dem anderen vorzusingen.

Was es unterwegs zu sehen gab interessierte sie nicht. Johann hatte wenigstens Unterhaltung. Doch war es überhaupt sinnvoll, sie weiter mitzunehmen?

Die Jacobs dachten, ihr eine Freude zu machen, und fuhren mit ihr in die Berge, nach Österreich aufs Hantenjoch. Aber, statt sich umzuschauen, zog es Almunde vor über die ganze Fahrt auf dem Rücksitz ein ausgiebiges Schläfchen zu halten. Auf dem Hantenjoch in fast 2000 m Höhe angekommen, würdigte sie der grandiosen Bergwelt kaum eines Blickes und schmauchte nacheinander mehrere von ihren widerlichen Zigaretten.

Ein gutes Essen in einem netten Restaurant genoss sie dann doch.

Der Heimweg verlief genauso wie der Hinweg: Almunde schlief. Ausgiebig und tief.

Trotzdem hatte Johann ein kleines Erfolgserlebnis: Almunde bestätigte ihm, dass sie wenn sie bei ihm im Auto sitzen durfte, sich aufgehoben fühlte wie »in Abrahams Schoß.« Was wollte er mehr?

Und seine Frau und er hatten dabei einen beinahe ungestörten Tag genossen.

Erst später überlegte Johann: Sie hatte dieses »in Abrahams Schoß« sitzen nicht auf die sichere Fahrweise Johanns bezogen. Sie hatte die Fahrt benützt, um in seiner Nähe und im Schutz des Autoinnern einmal ganz entspannt die absolute Sicherheit zu genießen. So sicher wie in einem Faraday'schen Käfig bei einem schwerem Gewitter. Hier war sie vor jeglicher Art von Belästigung geschützt. Hier hatte sie für einen Tag eine ganz sichere Zuflucht gefunden.

Das erinnerte sich Johann daran, dass er schon einmal eine sehr aufregende Geschichte miterlebt hatte, bei der eine Frau ein sehr zweifelhaftes Versteck, eine Zuflucht, in einem Auto gesucht hatte.

Die weiße Frau

Erschrocken war Johanns Sohn Rainer bestimmt nicht. Nach der Schule war er bei der Marine gewesen, und einige Zeit auf einem großen Schiff unterwegs, und da ging es nicht besonders zimperlich zu.

Aus seiner Schulzeit bestand noch eine Freundschaft mit einem Mädchen aus der nahegelegenen Kreisstadt. Die beiden machten während der Ferien einen Kurzurlaub in den Bergen und liehen dafür den roten Golf seiner Mutter.

Dieser Golf war ein Zweitürer mit Heckklappe. Wollte man zur hinteren Sitzbank mussten die vorderen Sitzlehnen nach vorne gekippt werden. Hinter der Sitzbank war der Kofferraum. Durch eine Abdeckung war der Einblick in diesen Kofferraum weder von außen noch von innen möglich. Beim Aufklappen der Heckklappe des Wagens wurde die Abdeckung mit hochgezogen, und der Kofferraum war zugänglich. Klappte man ihn zu, ging die Abdeckung mit nach unten und niemand konnte sehen, was sich im Kofferraum befand.

Als die beiden nach ein paar Tagen aus ihrem Urlaub zurückkamen, parkte Rainer sein Auto vor dem Elternhaus der Freundin am Straßenrand.

Peggy hatte ihre Reisetasche im Kofferraum verstaut. Rainer holte sie heraus, schaute nach, ob er wirklich alles rausgenommen hatte, und schlug die Heckklappe kräftig zu. Dann gingen die beiden ins Haus zu den Eltern Peggys, um kurz über den Urlaub zu berichten. Das Auto abgeschlossen hatte Rainer nicht, das hätte zu viele Umstände gemacht. Und hier, im Wohnviertel in der Vorstadt machte man sich wegen Diebstählen keine Gedanken.

Nach einer Viertelstunde verließ er Freundin, Eltern und Haus, ging zum Auto, und fuhr nach Hause. Es waren ungefähr zehn Minuten zu fahren.

Dort angekommen stellte er sein Fahrzeug im Hof seines Elternhauses ab, stieg aus, klappte die Lehne des Fahrersitzes nach vorn, beugte sich nach hinten zur Sitzbank um seine eigene Tasche heraus zu holen, die er dort abgestellt hatte.

Plötzlich fing es hinten im Kofferraum an zu rumoren. Die Kofferraumabdeckung wurde langsam angehoben und, direkt vor seinem Gesicht, kam eine schneeweiße Frauenhand zum Vorschein!

Rainer war gewiss kein Angsthase, aber jetzt blieb ihm doch beinahe das Herz stehen.

Er stieg aus dem Auto, spurtete nach hinten, und riss die Heckklappe auf.

Im Kofferraum lag eine alte Frau mit schlohweißem Haar. Er sah im ersten Moment nur weiß. Alles war weiß: Ihr Mantel, ihre Stümpfe, ihre Schuhe. Einen Blindenstock hatte sie auch dabei, der war natürlich ebenfalls weiß.

Sie drehte sich langsam um, schaute Rainer ein wenig ungläubig-fragend an und sagte in breitem sächsischen Dialekt: »Na, wo bin ich denn nu?«

Rainer half ihr beim Herauskrabbeln aus dem Kofferraum und konnte sich einfach nicht vorstellen, wann und wie diese alte, steife Frau hier hinein gekommen war.

Die Frau wiederholte sich noch einmal und sagte: »Wo bin ich denn nun?« und fügte hinzu: »Sie werden mich gleich abholen.«

Rainer fragte: »Wer?«

Sie: »Nu, die Bolizei!«

Nach einem Fluchtversuch in den nahe gelegenen Wald packte Rainer die alte Frau und brachte sie ins Haus. Er schloss die Tür ab, damit sie nicht noch einmal ausreißen konnte.

Dann versuchte er, die Polizei zu erreichen. Er war aber zu aufgeregt, so dass er gleich wieder den Hörer auflegte, um Peggy anzurufen und zu erzählen, was geschehen war.

Und Peggy erzählte, dass eben im Nachbarhaus große Aufregung herrsche, weil Frau Kaufmann – wie vom Erdboden verschluckt – einfach verschwunden war. Die alte Frau Kaufmann litt schon lange unter Verfolgungswahn und war unberechenbar.

Peggy kam mit ihrem Auto, um sie abzuholen. Mit viel Widerstand wurde sie ins Auto gesetzt und mit Rainers Begleitung nach Hause gebracht.

Daran erinnerte sich jetzt Johann. Auch diese Frau Kaufmann hatte damals in einem Auto Zuflucht gesucht, aber eben auch nur für kurze Zeit gefunden.

Frau Dr. Xiao

Eine weite Episode mit Almunde:

Johanns Schwägerin war gestorben. Sie war alleinstehend gewesen, und musste als ehemals höhere Beamtin auch als Pensionärin nicht mit dem letzten Cent rechnen. Sie hatte ihre Wohnung sehr großzügig eingerichtet, und es wäre schade gewesen, die Möbel irgendwelchen Fremden zu verschenken, oder sie gar in einen Container zu entsorgen.

Eine liebe Bekannte von Johann, Dr. Xiao, eine chinesische Ärztin am Krankenhaus in Ulm, war gerade umgezogen. Sie benötigte für eine Mitbewohnerin, ebenfalls Chinesin, dringend eine Zimmereinrichtung. Johann bot ihr die übriggebliebenen Möbel aus dem Nachlass seiner Schwägerin an. Sie schaute sich die Möbel an und war froh, sie zu bekommen.

Johann bot an, ihr die Möbel zu bringen und gleich aufzustellen. Er konnte jedoch zum ausgemachten Termin niemand finden, der ihm helfen konnte oder wollte, und so entschloss er sich dazu, Almunde mitzunehmen. Die Bekannte klärte er vorher auf, dass es dabei eventuell zu Problemen kommen könnte.

Die Fahrt nach Ehningen verschlief Almunde wie gewohnt. Aber am Ziel angekommen war sie sofort wieder hellwach und übernahm auch gleich wieder – Johann kam die damalige Schrottaktion in den Sinn – das Kommando. Im Nu waren Kästen und Betten an Ort und Stelle gebracht und zusammen geschraubt.

Was Johann aber völlig überraschte: Die beiden Frauen waren sofort ein Herz und eine Seele. Man spürte förmlich wie sie harmonierten.

Die beinahe steril saubere Ärztin und die schmuddelige Almunde waren beide sehr groß, 178 cm. Aber außer ihrer Größe hatten sie wirklich keinerlei Gemeinsamkeiten. Bei späteren Telefongesprächen darauf angesprochen sagte Frau Xiao: »Was glaubst du denn, was wir im Krankenhaus alles erleben!?«

Sie war später immer sehr daran interessiert wie sich Almundes Zustand weiter entwickelte, obwohl sie Fachärztin für Kardiologie, nicht für Psychiatrie war.

Frau Dr. Xiao hatte zu Hause in China einen jüngeren Bruder, der von Geburt an geistig behindert war. Er lebte bei seinen Eltern und konnte sehr aggressiv werden.

Johann hatte das Gefühl, dass Frau Xiao sich für ihn verantwortlich fühlte, wenn ihre Eltern nicht mehr im Stande waren, ihn zu versorgen. In China hatte er nicht viel Gutes zu erwarten.

Verschwunden

Almunde kam nur noch selten, und arbeiten ging gar nicht mehr. Sie kam nur noch vorbei, um gereizt über alle Leute zu schimpfen, die ihr in die Quere kamen und wollte nichts wie weg aus diesem elenden Dorf, in dem sie nur geärgert und ausgelacht wurde.

Johann sagte ihr, dass er auf ihr Geschimpfe gern verzichten würde, und dass sie doch bestimmt, wenn sie im Dorf mit jemand sprach, genauso schlecht über ihn rede. Dem widersprach sie aber ganz entschieden. Hansi war außen vor! Auf ihn ließ sie nichts kommen!

Sie nahm nichts mehr zu essen und trinken an, Johann wusste nicht, von was sie lebte.

Nur noch selten klopfte er bei ihr ans Fenster, nur um zu sehen ob sie noch am Leben war und wenigstens auf die Beine kam.

So langsam musste man doch auch auf den Ämtern einsehen, dass sie nicht mehr im Stande war sich selbst zu versorgen! Johann wurde noch mehrmals auf den verschiedenen Ämtern vorstellig, aber ohne Erfolg.

Sie ließ sich kaum mehr sehen, und Johann wurde immer wieder nach ihr gefragt. Er wusste es nicht. Sie redete wirr, und es war nicht mehr möglich, sich mit ihr zu verständigen. Sie hörte nicht zu, wenn man etwas zu ihr sagte. Jedes Gespräch ging sofort in Schimpfen und Lamentieren und unbeherrschte Aufschreie über.

Seine Verbindung zu ihr war abgerissen, er sah auch keine Möglichkeit mehr, ihr zu helfen. Und außer ihm gab es absolut niemand, der sich um sie kümmerte. Aber sein Eintreten für sie auf den Ämtern musste doch

Früchte getragen haben: Almunde war verschwunden!

Anfang November wurde Johann zugetragen, dass sie morgens in aller Frühe von einem Krankenwagen in Polizeibegleitung, trotz lauten Protests und gegen viel Widerstand abgeholt worden war. Keiner wusste wohin.

Als er bei der Stadtverwaltung und bei der Polizei nachfragte wo sie war, bekam er die übliche Antwort: »Sie haben kein verwandtschaftliches Verhältnis zu dieser Frau, wir können und dürfen Ihnen keine Auskunft geben!«

Man verwies ihn an ihren Betreuer, der sich seit einiger Zeit um sie kümmern sollte. Der war aber nicht erreichbar. Man vermutete, dass sie in die Psychiatrie nach Sigmaringen gebracht worden war. Aber auch dort keine Auskunft.

Es vergingen einige Wochen, da rief Almunde von ihrem Handy aus bei Johann an und schimpfte, dass sie gegen ihren Willen in die Psychiatrie in Sigmaringen gebracht und dort festgehalten wurde. Sie bat ihn dringend, sie zu besuchen und sie daraus zu befreien.

Gegen einige Widerstände wurde Johann eines Abends zu ihr vorgelassen. Das erste was ihm auffiel, war ihre Sauberkeit: Ihre Kleidung, ihre Hände, ihr Gesicht. Sie sprach recht vernünftig, erzählte von Tabletten, die sie gegen ihren Willen einnehmen musste, welche aber sicherlich bewirkten, dass sie wieder einigermaßen klar im Kopf war.

Als um 20 Uhr die Besuchszeit zu Ende ging, wurde Johann aufgefordert zu gehen. Da erst stellte er fest, dass an der Innenseite der Türen keine Türklinken waren: Almunde war »Hinter Schloss und Riegel«, sie war eingesperrt!

Als ihm ein Pfleger die Türe öffnete, versuchte sie schnell mit durchzuschlüpfen. Vergeblich! Es gelang ihr nicht!

Johann fragte sich: Hatten Ärzte und Psychiater weitere und tiefere Erkenntnisse als er in den vergangenen Jahren mit Almunde erlebt, erkannt und gesammelt hatte? Er wollte es nicht wissen, er verzichtete gerne darauf. Aus ihren Briefen konnte er jedenfalls keine großen Verbesserungen oder gar Erfolge herauslesen.

Nichts könnte ihre weitere Entwicklung besser aufzeigen wie ihre kunstvoll gestalteten Briefe, welche in großer Zahl und Regelmäßigkeit bei »Hansi« eintrafen: Almunde hatte offensichtlich viel Zeit.

Post von Almunde

AEG an Johann

Giesenhof 08. 06. 2014

FREUDE SCHÖNER GÖTTERFUNKEN

Mein lieber Hansi!

Gerade ist es mir gelungen, allein auf meinem Zimmer zu sein. Von hier aus sehe ich Dich oft an meinem Fenster lächeln, es sind die Konturen Deines lieben Gesicht´s. Egal, was Du auch immer tust, ich mag Dich saumäßig, weil meine Brillenbügel sind befunkt gewesen /und schuld daran waren widerliche Besen,/ doch daran denk ich net zurück, /die Hauptsach ist ich bin bei Dir im luke (Glück) in Englisch.

Mit greets AEG

* * *

AEG 22.06.2014

»HAST DU HEUTE SCHON GELÄCHELT?«

Mein lieber Hansi ! Grüß Gott !

♥ ♥ ♥*-liche Grüße von Giesenhof - wie geht's Dir so?*

Ich konnte Dir erst jetzt schreiben, am 19.06.14 habe ich das Klinikum Sigmaringen verlassen. Jetzt bin ich wieder Schloßstr. 15, trage mich jedoch mit Umzugsgedanken, da ich ähnlich wie in Kirchhardt belästigt werde. Deinen Brief wollte ich eigentlich zurückgehen lassen, denn er ist möglicherweise nur teilweise von Dir geschrieben worden, daß heißt ich war außer mir.

Sei so gut und sende mir Dein Heimatgedicht nochmals, am besten 2x mal in Abständen hintereinander, damit ich es auch ohne nachträgliche Abänderung bekomme. Wer will Dir nur schaden?

Bei mir sieht´s nicht viel besser aus, in meiner Wohnung wird immer wieder etwas verändert oder ausgetauscht, so daß ich dieselbe oft »filzen« muß. Inzwischen habe ich wieder Anzeige gegen unbekannt bei der hiesigen Polizei erwirkt, da ich von Autos umfahren werde, ich habe die Auto-Nr. aufgeschrieben.

Auf der Straße wurde ich danach von 3 Männern im Alter von 20-25 Jahren angegriffen (verbal), was ich mir verbat, daraufhin wurde der mittlere sehr aggressiv und versuchte mich zu treten, der Angriff war so bedrohlich, daß ich in Notwehr zu meiner in der Tasche befindl. Essig-Essenz Flache griff, dieselbe öffnete, um auf ihn zu zielen. Er schlug mir die Flasche aus der Hand, um abzuwehren, so fiel die gläserne Flasche zu Boden u. krachte so gewaltig, wobei die scharfe ätzende Lauge durch die Luft flog. Alle 3 Gegner wurden so durch Scherben u. Lauge abgewehrt, daß sie zunächst geschockt waren, der Geruch warnte sie offenbar auch. Diesen Moment nutzte ich zur Flucht aus u. versteckte mich schnellstens, ich verharrte längere Zeit in meinem Versteck, denn ich war froh, ihnen entkommen zu sein.

Nachts kam ich danach endlich in die Schloßstr. 15 u. versuchte die Haustüre aufzuschließen nur der Schließmechanismus funktionierte plötzl. nicht mehr, ich kam nicht zur Haustüre herein, wie schon einmal.

Ich setzte mich also 30 Min auf die gegenüberliegende Bank (RATHAUS) versuchte es aber erneut, u. kam etwas abgekämpft zur Haus + Zimmer-Türe herein. Eine Gemeinheit nach der andern, da steckt Planung dahinter, Kleidertausch wie gehabt, Behinderung, um mich weiterhin zu quälen.

Ich schalte nötigenfalls die Kripo ein, wenn's nützt !??

Zunächst nehme ich meinen Jahresurlaub, ich brauche dringend Erholung, denn ich möchte mich nicht ständig behindern oder beschäftigen lassen.

Ich stufe diese Widersacher inzwischen als gefährlich ein u. suche baldmöglichst einen neuen Wohnort u. habe auch jede ärztl. Behandlung in Giesenhof selbst abgelehnt: Der Grund: voreingenommen u. nicht zu meinem Besten, meine behand. Ärzte bestimme ich selbst, gekaufte lehne ich ab!

Mein Tschibo-Handy mußte ich leider entsorgen, da ich dauernd tel. belästigt wurde, wie schon einmal.

Die Todesanzeige von Gerald Baumann habe ich gelesen. Wo wurde er beerdigt?

Ich wollte Dir Briefmarken mitsenden, habe 2 Stck. gekauft, die mir jedoch mißfielen.

Schau bitte Deine Kleidung nach: Mikros.

Grüße an Dich AEG

* * *

AEG an Johann

Montag, 14. 10. 14

(bitte achte auch auf die Spülmaschine bzgl. Störfeld)

 Don´t eat salt ! ! !

Hallo lieber Hansi wie es Dir geht? Ich habe leider schon lange nichts mehr gehört oder gelesen von Dir.

In Giesenhof stimmt seit geraumer Zeit mit der Schlagsahne etwas nicht mehr, ständig ist sie verdorben, so daß ich schon fast verzweifelt bin.

Seit neuester Zeit kaufe ich den Schlagrahm bei der Tankstelle ein, (Jet). Hier ist die teure Sahne wenigstens echt, allerdings kostet mich dieselbe 1,19 Euro. Nun muß ich halt mehr ausgeben. Der Grund: Ich habe durch die andere Sahne in Norma + Rewe ständig Durchfall und Ekzeme bekommen, es ist schlimm.

Zum Glück steht mir gegenüber ein schöner Baum der Roßkastanien trägt, die zur Zeit springen.

Ein günstiges Heilmittel für meine wunden Stellen am Unterleib vom Herrgott spendiert lautet:

Man nehme eine Muskatnußreibe, zerreibe die Roßkastanien-Schale mit samt den Dornen zu feinem braunen Puder.

Denselben vermischt man mit bestem Schweineschmalz und hat sodann das beste Heilmittel, taufrisch, zur äußeren Behandlung, aufbauend und ohne Nebenwirkung, selbst in aussichtslosen Fällen hochwirksam.

Gestern erst hatte ich die Idee, heute habe ich sie verwirklicht. Nebenher nehme ich zur Zeit Eisentabletten ein.

Kaum, daß ich das Haus verlassen kann, so oft muß ich auf Toilette gehen, es ist aber besser geworden.

Anderseits habe ich Sonnenblumenkeimlinge, Weizen- Erbsen-, Kichererbsen-, Maiskeimlinge gezüchtet, Du müßtest die Pflanzenkinder anschauen.

Momentan ruhen sie alle noch in einer Frischkäseschachtel. Goldig sehen sie aus, jetzt werden sie demnächst in Erde gesetzt. Dazu dient uns (mir und meiner Wenigkeit) eine Eierschachtel, da gehen zunächst 6 Kinder rein, ich brauche also dringend

ALTE SCHACHTELN

von Eiern natürlich!

Ein Abenteuer wird also bald auf der Fensterbank mein eigen sein.

Was tut sich bei dir auf der Fensterbank?

Nebenher habe ich aus Telefonbuchpapier Sterne aller Art gebastelt. Das Papier ist also von der Post spendiert.

Mit dem Leitungswasser bin ich nicht zufrieden.

Ich hole mein Wasser stets beim Rathaus in einem 5 Liter Eimer. Das Wasser schmeckt sehr viel besser, selbstverständlich desinfiziere ich es mittels Eichenrinde u. koche es ab.

Den Brief an Dich werfe ich nur in den Briefkasten in der Nähe des Bahnhofs ein.

Auf dem Weg zum Bahnhof pflücke ich an bestimmten Stellen den besten Löwenzahn, der mit den roten Stellen enthält den Stoff Inulin, dieses übt einen hormon- ausgleichenden Einfluß auf die angeschlagene Darmschleimhaut aus. Außerdem enthält er viel Vitamin A u. in hohem Maße Folsäure, brauchen besonders die Schleimhäute.

So mein lieber Hansi, das wär´s für heute, sei mir

❤❤❤-*lichst gegrüßt u. Gott mit Dir!!!*

A.E.G.

* * *

(Ohne Datum)

Mein Lieber Hansi!

»Winter de grau dorm«!

... Der Autoklau vor Dr. Horst Schlüters Praxis ist niemandem aufgefallen ...

Der Parkplatz vor der Ampel ist ja geradezu in bester Lage für Autodiebstähle geeignet...*

Schau doch besser selbst einmal genau hin!! Damit die Polizei in unserem Land die »number one« bleibt

❤❤❤-*Grüße AEG*

*Am Viehmarktpl. ist bei Reuter-Reisen eine Straßenlaterne defekt!

* * *

1.06.14

Mein lovely Hansi!

I send you the best greets from my heart. How are you? The question number one for me: you live allone in your house or not??

Please look the legs from the birdchildren: What you see? Bird children need place, left and right seite big, and tell us: I´am the boss!!!

And you??? You must be the boss too in your house!!!

Dieser Text stand auf der Rückseite einer Postkarte mit einem Bild eines eben geschlüpften Hühnerkükens mit Stolz erhobenem Köpfchen. Es hatte anscheinend soeben sein Haus verlassen, die Schalenteile liegen noch an der Seite.

Die Karte war mit insgesamt 62 handgemalten, roten Herzen geschmückt.

* * *

(Ohne Datum)

The first help for you . . . you need 3x 1 in day , 3 days later, you input 1 in the day!

Please input all the capsels.

It is the best therapie just for you, my dear Johann, for your health.

Don't eat salt ! ! !

Mit 28 roten Herzen geschmückt!

* * *

(Ohne Datum)

Mit herzl. lb. Grüßen

Grüße Gott! Zu jeder Stund´

mit Herz und Mund,

so bleibt Deine Seele gesund!

War leider in den letzten Tagen genötigt, meiner Bude zu filzen . . .

= Schlösser + Scharniere + Schrauben. = Türfutter oben abdichten

= Fensterkreuze + Scharniere gegen Reizstrom absichern.

Dazwischen ein etwas größerer Briefumschlag eigenhändig zusammengeklebt per Einschreiben. Die Briefmarken mit Tesafilm überklebt.(Wegen Manipulation). Im großen Kuvert, ebenfalls selbst zusammengeklebt, ein normal großes Kuvert, auch frankiert, die Briefmarke aus Sicherheitsgründen mit Tesafilm überklebt. Darin ein noch kleinerer Umschlag darin dann zwei 10 Euro-Scheine.

Vielleicht bist Du einmal in Verlegenheit und kannst das Geld dringend brauchen!

Zurückschicken sinnlos: Geld wird nicht mehr angenommen, wurde bestrahlt.

* * *

(Ohne Datum)

Hallo Lieber! Rasch noch eine Überraschung für Dich.

A.E.G.

Auf einem roten Stück Pappe ein kunstvoll ausgeschnittener, weißer Stern darauf geschrieben:

Ein treuer Freund = wie ein Stern, den hätten alle gern. Er ist wie Du.

Ein Wiedersehen

Es ist Anfang März 2015. Kurz nach acht Uhr in der Frühe klingelt die Hausglocke.

Als Johann durchs Fenster schaut, traut er seinen Augen nicht: Almunde steht vor der Tür!

Ein treuer Freund
= wie ein Stern,
den hätten alle gern.
Er ist wie du.

Jetzt glaubte er langsam doch, dass sie eine Gabe zum Hellsehen hatte. Immer wenn seine Frau nicht da war, tauchte Almunde bei ihm auf!

Johann war noch nicht angezogen und hatte noch nicht gefrühstückt. Was sollte er nur mit ihr anfangen?

Er holte sie herein. Sie hatte in ihren Taschen wie üblich ihren ganzen Hausrat dabei und ließ sich an seinem Küchentisch wie gewohnt häuslich nieder. Was sollte er nur machen, wie wurde er diese Frau nur wieder los?

Er verzichte auf sein Frühstück, nur um ihr keinen Anlass zum Dableiben zu geben. Das machte ihr aber nichts aus, sie hatte ihr eigenes Essen bei sich, alles, wie sie sagte, unbedenklich und nicht bestrahlt. Das einzige was sie gerne hätte war eine Tasse Kaffee. Sie hatte Johann auch einen schön gemalten Brief mitgebracht, hatte diesen aber leider in einen Eimer gelegt, in welchem noch ein Rest Wasser geblieben war.

Sie sprach ganz vernünftig, hatte sich wohl gut verhalten. Scheinbar hatte sie wieder eine gewisse Freiheit erlangt und war nicht mehr eingesperrt.

Für Johann hieß dies allerdings, dass er in Zukunft wieder sehr oft mit ihren Besuchen rechnen musste. Und darauf hätte er sehr gerne verzichtet.

Ihre Reden wurden im Lauf des Tages wieder sehr kurios. Johann fand keinen Weg, sie los zu werden. Kurz vor 17 Uhr packte sie dann plötzlich ihre sieben Sachen zusammen und begab sich, mit dem Versprechen bald wieder zu kommen, mit dem Bus auf die Heimreise.

März 2015

Lieber Schatz,

bitte hol mich sofort ab, ich liebe nur Dich!

Dies war vorerst das letzte Lebenszeichen, welches Johann von Almunde bekam.

Durch reinen Zufall, wurde Johann dann auf eine Frau aufmerksam gemacht, welche in der Psychiatrie gelegentlich mit der Pflege Almundes beauftragt war. Er nahm mit dieser

Frau Verbindung auf und konnte nach anfänglichem Zögern erfahren, dass Almunde vor Weihnachten 2015 dabei überrascht wurde, wie sie in ihrem Zimmer mit bloßen Händen die elektrischen Leitungen aus der Wand zu reißen begann. Es kam zu einer Auseinandersetzung, die soweit eskalierte, dass Almunde ihre Pflegerin krankenhausreif zusammenschlug.

Ihre wenigen Freiheiten, die sie bisher noch genießen durfte, waren daraufhin verloren gegangen. Seither ist sie wieder in einem streng geschlossenen Zimmer untergebracht. Nach ihrem Ergehen gefragt, bekam Johann die knappe Antwort:

»Es geht ihr nicht gut!«

Postskriptum

Johann erzählt

Nun hatte ich selbst Jahre zuvor ein sehr eigenartiges Erlebnis, das mein ganzes Leben veränderte und prägte. Und in dieses versuche ich jetzt in die Geschichten von Chrystelle und Almunde einzuordnen. Dieses Erlebnis, welches gar nicht so selten »erlebt« wird, ist sehr schwer irgendwie einzuordnen.

An einem Samstag, war ich geschäftlich im Schwarzwald unterwegs. Meine Frau war dabei, weil wir die Geschäftsreise mit einem Besuch bei einer lieben Freundin in der Nähe von Freudenstadt verbinden wollten. Diese Freundin war taubblind, hatte kaum eine Ansprache und freute sich sehr, wenn wir sie besuchten. Nur über die Handtastschrift „Lormen" konnte man sich mit ihr verständigen. Wir konnten lormen.

Der Besuch auf einem Bauernhof zog sich sehr in die Länge, und es war 3 Uhr am Nachmittag, als wir eine kleine Gaststätte in einer Ortschaft kurz vor Freudenstadt aufsuchen konnten. Trotz der außergewöhnlichen Zeit boten uns die freundlichen Wirtsleute noch ein Essen an.

Ich bestellte zu meinem Essen ein Glas Bier, hatte ich doch vom vielen Reden mit dem Kunden einen trocken Hals und war sehr durstig.

Ich trank ganz gierig ein paar Schluck und bekam schlagartig so starkes Bauchweh, dass es fast nicht zu ertragen war. Die Schmerzen steigerten sich, ich war in Schweiß gebadet.

Die Wirtsleute riefen einen Arzt, der auch schnell zur Stelle war und mir eine Morphiumspritze verpasste. Der Schmerz war weg! Als sich der Arzt nach unserem heutigen Tagesverlauf erkundigt hatte, redete er meiner Frau ins Gewissen und bat sie, besser auf mich acht zu geben.

Er versicherte uns, dass die Wirkung der Spritze ungefähr zwei Stunden anhielt. Diese Zeit war auch für unseren Heimweg nötig, welcher quer durch die Stadt Stuttgart führte und dies war damals nicht einfach. Diese Fahrt traute sich meine Frau nicht zu.

Sie aß in aller Eile ihr bestelltes Mahl, ich ließ alles stehen und der Besuch bei der Freundin wurde gestrichen.

Wir waren nicht lange zu Hause, als die Schmerzen mit voller Stärke wieder einsetzten. Wir riefen den Notarzt, und ich wurde noch am Abend ins Krankenhaus eingeliefert.

Am nächsten Tag war Sonntag, und der Krankenhausbetrieb lief etwas schleppend. Meine Schmerzen hatten nachgelassen, es war zum Aushalten. Man machte verschiedene Untersuchungen konnte aber nichts feststellen.

In den folgenden Tagen hörten die Schmerzen auf, man machte weitere Untersuchungen, konnte aber nichts finden, noch zwei Tage zur Beobachtung und ich sollte entlassen werden.

In dieser Woche lag ein Feiertag, und meine Frau hatte ihren Besuch bei mir angekündigt.

Da setzten die Schmerzen plötzlich wieder mit voller Heftigkeit ein. Mir wurde übel ich sprang aus meinem Bett und wollte zur Toilette. Ich bemerkte noch, dass meine Frau ins Zimmer kam. Und dann? Dann waren die Schmerzen plötzlich weg, und es war stockdunkle Nacht.

Als ich wieder erwachte, lag ich in meinem Bett, mehrere Ärzte liefen ganz aufgeregt durcheinander und bemühten sich um mich. Und dazwischen stand, ganz verstört, meine Frau.

Was mit mir während dieser Zeit geschah, war so außergewöhnlich und so unwirklich, dass ich das lange Zeit niemand erzählen konnte:

Hinter mir dehnte sich die stockdunkle Nacht aus. Aus ihr wurde ich getragen. Ich schwebte ganz langsam, mit einer unwahrscheinlichen Ruhe, in einen weiten Gang, der ein Stück weiter, im Vordergrund, nach rechts abbog. Ich wurde getragen, meine Füße berührten keinen Grund. Ich hatte keine Kleider am Leib, fühlte mich dennoch nicht nackt. Hatte ich überhaupt einen Körper? Der Gang in dem ich langsam vorwärts bewegt wurde war erfüllt mit einem wunderbaren Leuchten und einem äußerst angenehmen Klima mit herrlichen

Geräuschen und Gerüchen. Staunend erlebte ich was mit mir vorging. Mir war so wohl!

Ich wurde ganz langsam zu der Abbiegung gezogen, dahinter ahnte ich einen unendlichen Raum. Da musste das Paradies sein, aber auch die Ewigkeit! Ich ahnte, ich fühlte, nein: ich wusste dahinter eine grenzenlose Weite, von dort strömte ein Hauch zu mir her. Dorthin wollte ich unbedingt um dort aufgenommen zu werden.

Es gab keinen Raum, keine Zeit, kein Licht, keine Temperatur, aber auch keine Worte und Sprache, die das alles beschreiben konnten. Alles zerfloss auseinander in eine absolute Unendlichkeit. Es war eine Stille. Wie kann man etwas ohne Worte und Sprache, ohne Zeichen vermitteln? War ich sprachlos?

Und nun hatten mich die Ärzte aus dieser wunderbaren Welt brutal zurückgeholt. Ich war richtig böse!

Ich hatte ein unbestimmtes Gefühl, dass beim Erzählen davon etwas verloren gehen könnte. War das Teil der Sprachlosigkeit? Ähnlich äußerte sich doch auch Chrystelle!

Erst nach mehreren Wochen habe ich das alles meiner Frau erzählt, und erst viele Jahre später einem befreundeten Arzt. Er wusste davon und sagte mir, dass dies mit Sicherheit eine sogenannte »Nahtoderfahrung« gewesen ist. In seiner langjährigen Praxis hatte ihm nur einmal eine Frau, welche nach einem Autounfall mehrere Wochen im Koma lag, fast genau dasselbe erzählt.

Er war der Meinung, dass das ein ungemein schönes Erlebnis gewesen sein musste, ein wunderbares Geschenk, an dem ich festhalten sollte.

Was blieb bei mir davon zurück?

Sehr viel! Ich weiß seither, dass unser Denken und Empfinden hier auf dieser Welt auf keinen Fall das Absolute ist. Ich weiß, es gibt eine andere Welt. Ich wehre mich gegen das Diktat der Wissenschaft und der Vernunft. Aber auch der üblichen Religionen.

Mag die Mathematik behaupten, dass die Winkelsumme eines Dreiecks immer 180 Grad beträgt, und dieses als absolute Regel immer und überall seine Geltung bewahrt, so weiß ich, dass es auch anders sein kann. Sind die Seiten des Dreiecks nach innen oder außen gebogen, dann stimmt die Mathematik nicht mehr. Und welcher Lebensweg geht schon schnurgerade immer auf sein Ziel zu?

Lass die Physik behaupten, dass die Lichtgeschwindigkeit die absolut größte Geschwindigkeit darstellt, ich habe erlebt, dass es Zeit überhaupt nicht gibt. In der Ewigkeit gelten andere Maßstäbe da wird überhaupt nicht gemessen und gewogen.

Ich glaube nicht, ich weiß, dass unser Leben hier nur eine ganz kleine Zeitspanne umfasst, dass es weiter geht. Ich sehne mich danach. Ich bilde mir ein, dass ich nicht die geringste Angst vor dem Tod habe. Ich kann nicht behaupten, dass ich eine Sterbenssehnsucht habe, aber ich weiß von einem Sterbensglück.

Ich kann nicht mehr fragen nach einem »Warum«. Ich kenne keine Angst mehr. Ich kann es gelassen sehen, wenn andere mehr oder Besseres haben. Viele Leute, und vor allem meine Frau, sehen mich jetzt ganz anders.

Warum sollen nun die Welten von Chrystelle und Almunde so ganz abwegig sein? Kann es nicht sein, dass es unterschiedliche Daseinsebenen gibt, die untereinander keine Berührung haben, und deshalb nichts voneinander wissen und einander nicht verstehen. Wer weiß, dass seine Ebene, sein Denken, Fühlen, Empfinden, die einzig Wahren und Richtigen sind?

Der Autor

Eberhard Bohn wurde 1935 in Kirchenkirnberg im Schwäbischen Wald, im damaligen Oberamt Welzheim, geboren.

Nach Schul-, Lehr- und Wanderjahren übernahm er den väterlichen Mühlen- und Silobaubetrieb.

Seinen Ruhestand verbringt er unter anderem in beratender Tätigkeit bei historischen Mühlen und Wasserrädern und mit Heimatforschung.

Außerdem befasst er sich aus Freude am Erzählen mit dem Schreiben von Geschichten aus der Heimat und aus aller Welt.

Vom selben Autor:

Bohn, Eberhard. *Von guten, bösen und andern Leuten. Geschichten aus dem Schwäbischen Wald.* BoD, 2016.

Bohn, Eberhard. *Dem Müller, dem's am Wasser fehlt – Mühlengeschichten und Wissenswertes über Mühlen, Korn, Mehl und Brot.* BoD, 2016.

Bohn, Eberhard u.a. *Mühlen im Schwäbischen Wald.* Landratsamt Rems-Murr-Kreis, 2009

Bohn, Eberhard und Fritz, Gerhard. *Kirchenkirnberg – Ein Pfarrdorf an der Grenze.* Henneke, 2005.

Bienert, Hans-Dieter; Bohn, Eberhard; Fritz, Gerhard. *Von Erdluitle und dem wilden Heer.* Hennecke, 1996.